dragon is
nely and dies

1

Gonzales Fujiwara

Illustration Katsumi Enami

The dragon is lonely and dies

CONTENTS

アッシュさん傭兵辞めるってよ

それはレクター暦千七百七十六年のことだった。

兵たちの怒号が飛び交う中、突如として戦場に大砲の音が響いた。

大砲が弾を撃った勢いで「ごんッ！」と音を立てながら後ろに押し戻され、あたりに火薬の白い煙が充満した。

血と土、それと火薬のにおいの混ざった煙の中から人の頭ほどもある鉄の玉が放物線を描き、鉄と木でできた門にぶつかる。

幾重もある城門の一つがぐちゃりとひしゃげ、崩れ落ちた。

悲鳴と怒号が響く中、鉄の玉が火薬の焦げたにおいを放った。

それは二つの大国の戦争だった。

この地に古くから存在する神聖クルーガー帝国に新興国ノーマン共和国が突如として侵攻した。

ノーマン共和国の電撃戦の前に一時は首都近くまで押されていたクルーガー帝国だが、この年奇跡のごとく連勝を重ねついには元の国境近くまでノーマン共和国を追い詰めていた。

その日も国境近くのカバリン砦を攻略しようと兵が集まっていた。

砦を守るノーマン軍約四千。

それに対するクルーガー軍は約一千。

明らかに劣勢なのはクルーガーの側だった。

それにもかかわらずクルーガーは連戦連勝を重ねていたのである。

その勝利の秘密は一人の男にあった。

「おい、甲冑《かっちゅう》潰し！　お前の出番だ！」

砲兵長の怒鳴り声が戦場に響いた。

甲冑潰しと呼ばれた男が無言で前に出た。

男は大砲に随伴する兵だった。

男の名前はアッシュ。

傭兵を生業《なりわい》にしている。

彼のあだ名である『甲冑潰し』は素手で甲冑を着込んだ騎士を殴り殺したという出所不明の噂からきている。

それもそのはずアッシュは身長二メートルもある大男であった。

しかも顔を覆うフルフェイスの兜を被《かぶ》っている。

そんな姿のアッシュが出て来るだけで、敵は恐怖に震えた。

だが本当はアッシュは兜を外した方が恐ろしいのだ。

なぜなら単純に顔が怖いのである。

厚ぼったいまぶたの奥に異常なほど眼光鋭い目が光る。

そんな目元を隠そうと伸ばしたボサボサの髪が余計に恐怖をあおる。

鼻も唇も傭兵業をやっているせいなのか大きく固そうである。

顔全体の印象はオークのような、オーガのような、それでいてギリギリ人間であるような、とにかく恐怖心を与えるほどの人外じみた顔である。

それがアッシュなのである。

アッシュのあまりの貫禄に砲兵長や砲兵隊員はアッシュを三十代後半だと思っているほどだ。

だがアッシュの年齢は十七歳だった。

幸運なことに傭兵には顔の怖さは問題にならない。いや、むしろ傭兵業では顔が怖いことはプラスになる。

だから仕事のことを考えればむしろ積極的に顔を出していくべきだ。

それでも十七歳にはその現実を受け入れるのは難しい。

男の子は案外ナルシストなのだ。

せめて顔を隠して格好をつけたかったのだ。

たとえそれが全て裏目に出て、半ば傭兵業界での定番の都市伝説として定着するほどの恐怖を与えていたとしてもだ。

アッシュは兜の中から血走った目であたりをにらむ。

壊れた城門から槍を持った兵がわらわらと出て来た。

その後ろにはマスケット銃を持った兵が援護のために並んでいた。

アッシュは腰に差した蛮刀を抜く。

その姿はまるで不死身の殺人鬼なのだが、本人は気づいていない。アッシュ本人は敵に果敢に挑む戦士だと思っていた。

だがアッシュ以外の世界はアッシュに敏感だった。

バサバサバサバサバサ！

野鳥が我先にと逃げ出す。

チューチューチュー……

野鳥のただならぬ気配を察知したネズミも我先にと逃げ出す。

本能に訴えかける危険を察知したのは小動物だけではなかった。

人間も不安に押し潰されそうになっていたのだ。

小動物の恐怖が敵にも感染していたのだ。

まるで絶対的な捕食者を前にしたかのように。

「こ、殺せえええええええッ！！！」

なぜか裏声で隊長が叫ぶ。

それとともに青い顔をした兵が槍を持って決死の覚悟で突っ込んでくる。

まるでここでアッシュを止めねば自分たちの家族の身が危ない。もしくは世界の平和は俺たちが守ると言わんばかりに。

アッシュは「またかよ」と呆れながら片手で握った蛮刀を肩に乗せた。

槍兵が突っ込んでくる。

だが恐怖のためか、その動きは実に単純でつまらない、ただ突っ込んでくるだけのものだった。

アッシュはため息をつくと空いている方の手で槍の穂先をつかんだ。

がっつり刃をつかんでいるにもかかわらず、アッシュの手からは血が出ない。

槍兵の顔が青ざめた。この後の展開が頭によぎったのだ。

槍兵の想像通り、そのままアッシュは槍ごと兵を持ち上げる。

人間離れした膂力《りょりょく》である。

「う、うわあああああああああッ！」

手放せばいいのに槍兵は悲鳴を上げながら水面に浮かぶ浮き輪にするかのように槍にしがみついていた。兵士は恐怖で判断力が狂っていたのだ。

アッシュはそのまま片手で持った槍を兵ごと地面に叩きつけた。

グチャリと嫌な音がして兵はピクリとも動かなくなる。

「う、うわああああああああッ！　化け物だあああああああああッ！」

兵の一人が叫んだ。その叫びとともに兵たちにまん延した恐怖が爆発した。

兵が次々と悲鳴を上げ我先にと逃げていく。

あるものは転び、その上を別の兵が踏みつけて逃げていく。

踏みつけられた兵士はこれはたまらないと誰かの足をつかみ、それで倒れた兵士のせいで将棋倒しがあちこちで起こる。

怪我をした兵たちの悲鳴が響きその悲鳴がパニックを誘発し同じような悲劇があちこちで発生する。

それはまさに地獄絵図だった。

(そこまでおびえなくても……)

アッシュは勝利に酔うこともなく、心中はただひたすら悲しかった。

この巨人、顔とは反比例して心はどこまでもピュアで優しいのだ。

(むなしい……ちょっと顔が怖いだけじゃないか)

問題はそこではなくむしろ人間離れした腕力の方が問題なのだが、アッシュはあくまで殺人鬼のような顔が問題だと認識していた。

個人の抱える問題の本質は案外本人にはわからないものである。

アッシュはブツブツと文句を言いながらカタカタと震えるマスケット兵に向かってゆっくりと歩いていく。

(そもそも俺は傭兵に向いてないんだよな)

「ひ、ひいいいいいい！　う、撃てえええええ！」

必死の形相でマスケット兵が銃の引き金を引いた。

火薬が爆発し鉛玉が発射される。

さすがのアッシュも鉛玉の前に蜂の巣に……されなかった。

アッシュは銃で撃たれるたびによろけるが、すぐに体勢を立て直しじわじわとマスケット兵たちへ近づいていく。

いやよく見ると一部の銃弾を除いては「カン」という固い金属に当たったかのような音を立てて情けなく地面に落ちていた。

兵たちの顔が青ざめる。

マスケット兵からしたら化け物と戦わされている気分だろう。

だがアッシュの心中はのんきなものだった。

(撃たれると痛いし。痛いの嫌いなんだよなあ。あーあ……湿布貼らないと)

撃たれてもその程度ですむのがすでに人外なのであるが、アッシュがそこに気づくことはない。

アッシュはとうとう至近距離にたどり着く。

そして蛮刀でマスケット銃をなぎ払う。

バラバラになったマスケット銃の破片が宙を飛んだ。

「ひいいいいいいいいいッ！！！」

マスケット兵たちは悲鳴を上げながら我先にと逃げ出す。

もちろんどこにも鈍くさい人間はいるものだ。

その場にいたノーマン兵の三割ほどは恐怖のあまり腰を抜かして動けなくなっていた。

恐怖で動けなくなった兵にはアッシュは持っていた蛮刀をひっくり返し、頭を叩いてこん倒させていく。峰打ちである。

アッシュは見た目に反して心優しく無用な殺生はしない主義なのだ。

だが外から見れば血に酔った殺人鬼が無抵抗の人間に無用な殺戮《さつりく》を繰り返しているようにしか見えなかった。

虫けらのように殺される同胞。そんな様を見て運良くアッシュから逃げたノーマン兵たちがパニックを起こし叫びはじめた。

その叫び声を皮切りにまたもや恐怖は伝染し、あっと言う間に広がった。

パニックを起こしたノーマン兵たちは足はもつれ転倒し、階段では将棋倒し、門には兵たちが殺到、一人ずつ並べば通れるはずの門のところで潰され怪我人が出る。

そんな地獄のような状況にさらに後ろから兵たちが押し寄せる。

後方から押し寄せた兵たちにより群衆はお互いに潰し合う。恐怖により正常な思考はどこかに行ってしまっていたのだ。

気がついたときにはほぼ全員が戦闘不能になっていた。

無事な兵たちもその地獄のような様を見て恐怖のあまり戦意を喪失。うつろな目でブツブツとつぶやいていた。

それは恐怖だった。ノーマンの兵たちからすれば悪魔があやしげな術を使いお互いを殺し合わせたように思ったのだ。

こうしてアッシュはたった一人で兵たちを戦闘不能にしたのである。なにもしてないのに。

まさに一騎当千。そんな最強の傭兵アッシュだが、アッシュ自身は自分が傭兵に向いているとは思っていなかった。

（もう争いは嫌だ。この戦争が終わったらどこかに土地を買って畑とか牧場をやろう。そうだスローライフだ！）

もはやツッコミ所しかない妄想を脳内で肯定するとアッシュは大砲の所に戻ってくる。

するとゲスを極めたかのような下劣な顔をした砲兵長が命令を下した。

「甲冑潰し！　いつものをやれ！！！」

（えー……）

アッシュは露骨に嫌な顔をした。

でも命令には逆らえない。

正規兵の隊長クラスは雇い主なのだ。

アッシュはしかたなく片手で大砲を持ち上げ、肩に担いだ。

大砲の下にはアッシュ専用の持ち手が付いていてアッシュはそこをつかむ。

どうひいき目に見ても人外の所業であるがアッシュには普通のことだった。

そのまま味方にもかかわらずおびえた表情の砲兵がアッシュの後ろをついてくる。

アッシュは先ほど壊した門のさらに奥、第二の門の前まで来る。

門を守る敵兵が大砲を担いだアッシュの姿に度肝を抜かれる。

「お、おい、待て！　それは反則だろ！！！」

ノーマン兵が震える手でアッシュを指さした。

そんなノーマン側を無視して砲兵はアッシュが担いだままの大砲に火をつけた。

「ふ、ふざけんなあああああああッ！！」

門を守るノーマン兵は青ざめた顔で我先にと逃げ出す。

アッシュが肩に担いだ大砲が火を噴いた。

ドカンという轟音《ごうおん》が鳴り響き、門はバラバラに砕け飛んだ。

逃げ遅れた兵士たちもゴミのように飛ばされる。

（もー、耳がキーンッていうからこれ嫌いなのに）

アッシュは少し嫌そうな顔をすると「よっこらせ」と大砲を置いた。大砲が地面に触れると「どごんッ」という音がする。

どう考えても人間の担げる重量であるはずがない。

「ひいいいいいいッ！　こ、殺さないでくれ！！！」

門の近くで心が折れたノーマン兵が地に伏して命乞いをしていた。

どうしてこの状況でアッシュは傭兵に向いてないと思ったのかは永遠の謎である。

こうしてアッシュの恐怖効果のせいか、短い時間で敵は総崩れになった。

なにせアッシュは銃で撃っても槍で刺しても死なないのだ。

敵兵に残された選択肢など命乞いしかないのである。

そして最後の門の前にアッシュは来ていた。

この門を壊したらあとは砦を攻略するだけである。

さすがに疲れたアッシュは大砲の横にいた。

砲兵が火をつけ発射するまでの間、大砲を守るためだ。

(どうしようかな？　牧場やるにも動物は高いから、まずは畑でひまわりでも作ろうかな？)

アッシュはどうでもいいことを考えていた。

もう仕事は終わりだ。

最後の門が開いたら、後ろにいたお偉い貴族が楽団を引き連れて中に突入するのだ。

あとは大根役者の拙《つたな》い演技を見守れば終わりだ。そうしたら給料が出る。

給料が出たら引退して土地を買うのだ。

土地さえあればお嫁さんをもらうことだってできるかもしれない。

……できるかもしれない。

可能性はゼロではない……とアッシュとしては思いたい。

(お嫁さんは無理かなあ)

ほろりと涙がひとしずく頬《ほほ》に流れてきた。

(あれ……？　どうして汗が出てるんだろう？　ふふふ。おかしいなあ)

アッシュは案外繊細なのだ。ガラスの心を持っているのだ。

直後、そんなアッシュに事故が起こる。

それは爆発だった。

砲兵が火をつけた大砲が破裂した。

それは突然の暴発だった。

マスケット銃で撃たれても無傷だったアッシュですらもこの爆発では吹き飛ばされた。

アッシュの巨体が宙を舞い、放物線を描いて城門にぶち当たる。

粉塵《ふんじん》が立ちこめる。

少しの間を置いてガラガラという轟音とともにアッシュという砲弾を受けた城門が崩れた。

城門の残骸《ざんがい》が容赦なくアッシュの上に降り注ぎその体はあっと言う間に瓦礫《がれき》に飲み込まれた。

無事なはずがない。その場にいたクルーガー帝国兵全員が思った。

人が大砲の暴発に巻き込まれて無事であるはずがないのだ。

……でもアッシュだ。アッシュは無敵の傭兵なのだ。主に人外という意味で……

こうしてアッシュ一人の反則気味の活躍によりクルーガー帝国は勝利を収めた。

本来なら国家を救った英雄として賞賛を受けていただろう。

皇帝や上位の貴族ですら賛辞と報賞を送らざるを得ないはずだった。

だがアッシュの活躍はその場にいない皇帝や上位の貴族たちの耳に入ることはなかった。

アッシュの手柄は戦場の指揮をしていたものたちにより横取りされたのである。

名誉も報奨金もアッシュ以外の誰かのものになった。

クルーガー帝国はアッシュをその程度の存在として扱っていたのだ。

むしろノーマン共和国側の方がアッシュの戦功を正しく評価していたほどである。

もうどうしようもないほどにクルーガー帝国は腐っていたのである。

そんな腐った国の体質をよそに瓦礫に埋まったままのアッシュは思った。

……転職しようと。

もうこんな職業はやめて田舎暮らしをしようと。

アッシュは本当に辞める決意を固めた。

こうしてアッシュの退職により人知れずクルーガー帝国の敗北が決定したところから話は始まる。

アッシュさんレベッカたんと出会う

クリスタルレイク。

かつては貴族の避暑地として賑《にぎ》わい千人もの人間が暮らす大きな街だった。

だが戦乱の最中、敵国の襲撃を受け壊滅。

貴族の別荘や商店は焼かれ、住民は散り散りに逃げだし街は完全崩壊。

残ったのは廃墟《はいきょ》と老人と女子どもだけだった。

現在では二十人ほどが暮らしている湖畔の小さな村である。

好き好んで移り住もうという人間は誰もいないのがクリスタルレイクである。なにせ仕事もインフラもなにもかもが存在しないのだ。

つまりクリスタルレイクは十年後には廃墟になる村だった。

アッシュはその村で……元気にやっていた。

そのクリスタルレイク村のエルムストリート。そこにアッシュの屋敷がある。

エルムストリートはかつて街のメインストリートだったが戦乱で焼け現在は何もない荒れ地が広がっていた。

それでもアッシュは満足だった。なにせマイホームである。

アッシュは怪我の療養名目で除隊した。

もちろん体はどこも悪くない。

怪我も膝をちょっとひねった程度のものだった。

だがアッシュはこれ幸いとばかりに膝の故障を理由に傭兵を廃業。

報奨金の全額を使ってこのクリスタルレイクに農地つきで土地と屋敷を買った。

貴族が放棄した屋敷付きの土地が激安で叩き売られていたのである。

買った土地は、広大な農地に大きな家、しかも湖に近いという素晴らしい土地だが全体的に荒れ果てている。

家も土地も何年も放置されていたようで、家は床が抜け、雨漏りもしていて、そこらじゅうに雑草がぼうぼうに生えている。

井戸も職人を呼んで清掃しなければ使えないだろう。

だがアッシュはめげなかった。

まずは住環境を整備し、荒れ果てた農地を耕すのだ!

アッシュは燃えていた。

なにせ憧れのスローライフなのだ。

やたら怖がられたり、大砲を担がされたり、大砲の暴発で瓦礫に埋まらなくてもいいのだ。

アッシュのテンションが上がる。

だがおかしい。傭兵程度に貴族の屋敷が買えるものなのか？
そこにはアッシュも気づかなかった罠があったのだ。
それはアッシュが屋敷に越してきた夜のことだった。
アッシュは廃墟と化した屋敷のベッドルームに藁《わら》を敷いて寝ていた。
そんなアッシュに近づくものがあった。
「……出ていけ」
がたがたがたがた。
地震でもないのに部屋が揺れる。ポルターガイスト現象である。
そして現れるのは半透明の人間。
かろうじてメイド服を着ているのがわかる姿のなにか、いわゆる幽霊だった。
それが寝ているアッシュにのしかかり脅しをかける。
「出ていけ人間よ……さもなければ呪い殺してくれる……」
その時アッシュの目がぱちりと開いた。
幽霊はこの時点になってようやくアッシュの顔を見た。
「きゃあああああああああッ！　悪魔！」
切り裂くような悲鳴を上げたのは幽霊の方だった。
アッシュの眼力は死者ですら恐怖させるのだ。
アッシュは重いまぶたをこするとベッド脇に置いたカバンから何かを取り出す。

『あくりおたいさん』

それは子どもの書いたような誤字だらけの雑な文字で悪霊退散と書かれたハリセンだった。

アッシュはハリセンを素振りする。アッシュが素振りするたびに聖属性の光がハリセンから漏れてくる。

「ちょっとなにをするの？　そんなものが幽霊に効くはずが。ちょっとアンタ聞きなさいよ！　ちょっと……なんで素振りしてるの!?　なんで聖属性で光ってるの？　ちょとやめて、やめえええええええええ！　ひぎッ！」

すぱーん！

アッシュはハリセンを構えると容赦なくスイング&ヒット。

アッシュは屋敷が事故物件であることは承知の上だった。

そもそもアッシュは傭兵である。

戦争前はハリセン片手にアンデッド狩りをしていたこともあるのだ。

戦争中も戦死した幽霊が現れるたびにハリセンで叩いて回ったので戦地が穢《けが》れることもなかったほどだ。

仲間の傭兵に「なんで物理攻撃が通用するの？」と聞かれたこともあるが気にしたら負けに違いない。

しゅうううっという煙を出しながら幽霊は大の字になって気絶した。

駆除終了である。

あとは自分から出ていくなり成仏するだろう。

それでも言うことを聞かない悪い子にはさらにハードな「めっ！」が待っているのだ。

「よし。明日からは幽霊を駆除しなくちゃ」

アッシュは独り言を言った。

この言葉通りそれから十日ほどで屋敷の全ての幽霊は駆除されていったのだ。


そして幽霊の駆除から数日後アッシュは幸運をつかむことになる。

それはアッシュが悪霊を駆除してから数日後の夜のことだった。

「たすけてー。誰かたしゅけてくだしゃーい」

敷地のどこからか声がした。

「くらいのー。こわいのー。だれかたすけてー」

すんすんと子どもの泣く声がする。

「出られないのー！」

アッシュにはどうにもその声は人間のものに思えなかった。

幽霊だろうか？

アッシュは孤児院にいた小さい頃から幽霊が見えた。

そして見つけ次第片っ端からハリセンで駆除していた。

霊感というものがあるのだろう。

なれているせいか不思議とそういう怪奇現象に恐れはなかった。

アッシュは声の主を探して敷地の捜索を開始した。

どうにも声がするのは家の中ではないらしい。

アッシュはランタンを持って屋敷の裏へ回る。

職人を呼んで直すはずの井戸がある。

「誰かー！」

どうやら声は井戸からしてくる。

アッシュは井戸に身を乗り出す。

「誰かいるのか？」

アッシュはランタンをかざし井戸の底を見る。

どうにも暗くて見えない。

「たすけてくださーい！」

声が返ってくる。

どうやら幽霊ではなく子どものようだ。

アッシュの勘は外れたようだ。

「今助けてやる。待ってろ」

「はーい」

アッシュはランタンを腰の金具に引っかけると目をくわっと見開いた。

「ふんッ！」

アッシュは跳躍し井戸に飛び込む。

「アタタタタ！」

井戸の壁を蹴り落下の勢いを殺しながら底へ突き進んでいく。

人外の侵入方法でものの数秒で井戸の底に着く。

そこは薄暗い。

「痛いのー……」

女の子の声がする。

きゃんッという泣き声も聞こえた。

アッシュはその痛々しい泣き声に心を痛めた。

「大丈夫か？」

アッシュは何者かに近づく。

その時、月の光が何者かを照らした。

それは人間ではなかった。

小さな翼。

それは小さな獣。

ピンク色のふわふわの毛。

まん丸の目でアッシュを見上げる。

それはドラゴンだった。ピンク色のドラゴンだった。

ただし小型犬くらいの大きさのチビだった。

（子どもなのだろうか？）

アッシュはドラゴンをまじまじと見つめた。

「水を飲もうとしたら落ちちゃってそしたら羽が痛い痛いなの」

舌っ足らずな声だった。

声の主はこのドラゴンだったのだ。

アッシュは固まる。

ドラゴンは一般的に生態系の頂点にいる生き物であると言われている。

なにせ全ての生き物を凌駕《りょうが》する身体能力と圧倒的魔力を誇ると言われている生き物なのだ。

それが人間の言葉で喋《しゃべ》っていたのだ。

「えーっと……ドラゴン？」

ドラゴンがコクリとうなずいた。

「はいなの」

ドラゴンは前足、いや手をピコピコと動かしていた。

どうやら手を器用に使えるらしい。

「お父さんかお母さんは？」

（そもそもドラゴンって子育てしたっけ？）

アッシュは自分で言いながらも混乱した。

さすがのアッシュでもヒト種の標準語を話す野生のドラゴンなど初めて見たのだ。

だがドラゴンの子どもはそんなアッシュにも真面目に答える。

「わからないの。ママにここで待っててねって言われたの。あのねあのね、ドラゴンライダーさんが助けに来てくれるんだって。大昔にママが約束したんだって」

舌っ足らずのドラゴンが手を動かしてぴょこぴょこと跳ねながら真面目な顔をして説明する。


ドラゴンライダー。


アッシュはその単語に聞き覚えはあるのだが、それがなにかは思い出せなかった。

「ドラゴンライダーって？」

「あのね、あのね、強いの。どかーんばきーんなの」

ドラゴンの子どもはぴょこぴょこ跳ねながら一生懸命説明する。

だがアッシュは何を言わんとしてるかわからなかった。

ドラゴンは幼すぎて順序立てて話をするのは難しいのだろう。

これ以上聞き出すのは難しい。

そうアッシュは判断した。

アッシュは話を変える。

「上に出してやる。抱っこするぞ」

「はいなのー」

アッシュはドラゴンの子どもを抱っこすると、膝を曲げ、そして一気に跳躍し井戸を飛び出した。

「きゃー♪　すごい！」

ドラゴンの子どもは「きゃきゃっ♪」と笑った。

井戸から飛び出し地面に着地するとアッシュはドラゴンの子どもを地面に下ろした。

アッシュはドラゴンに怪我がないか観察した。

小さな羽が痛々しく折れ曲がっている。

「羽が折れているな」

「いたいいたいなの……」

安心したのかドラゴンの子どもが痛みを思い出し目を潤ませる。

本当だったら「じゃあな」と別れたいところだが、アッシュはかなり悩んでいた。

このまま放っておいたらこのドラゴンは死んでしまうかもしれない。

アッシュもできればこの人なつっこい生き物がそんな悲惨な運命を迎えるのはかわいそうなので
それは避けたい。

かと言って相手は野生生物である。

野生生物に余計なことをすると大抵は不幸な結果に終わる。責任がとれないのだ。

アッシュはドラゴンライダーのことを思い出した。

そうだ渡す人がいるのだ。責任者がいればそこまで運んであげればいいのだ。

「それでドラゴンライダーだっけ？　その人の居場所はわかるか？」

「わからないの……」

ドラゴンは尻尾《しっぽ》を丸めてうなだれていた。

（かわいい）

その姿はどうにもアッシュの庇護欲を刺激した。

どうしても助けてあげたい。

アッシュは悩んだ。

アッシュは道に捨てられていた子犬を拾おうかどうか悩む子どもの気分だった。

少し考えるとアッシュは決めた。

「怪我が治るまでうちにいたらいい。ドラゴンライダーってのも探してやろう」

それを聞いてドラゴンはアッシュの顔を見て目を潤ませる。

「あい！　ありがとうなの！」

尻尾がパタパタと揺れる。

「俺はアッシュ。クリスタルレイクの……農民？　だ？」

まだ何も作業をしてないためアッシュも自信がない。

「レベッカなの。アッシュにいたんお世話になりますの」

ぺこりとレベッカが頭を下げた。

アッシュは無意識に頭をなでる。

レベッカは目を細めて気持ちよさそうにしていた。

（ドラゴンってこんなに人なつっこい生き物だったのか……）

後にそれは大きな誤解があることがわかるのだが、それはまた別の話である。

人にも動物にもなつかれることがないアッシュはなんだかうれしくなってレベッカをなで回す。

なでなでなでなでなでなで。

「あーん。やめてくださーい」

アッシュはつい調子に乗ってなで回してしまった。

そんなアッシュも折れた羽が目に入るとはたと我に返った。

（おっと治療しないと！）

「今から家に運んで治療するから」

「はーい♪」

こうしてアッシュはドラゴンの子どもを預かることになったのだ。

だがアッシュは知らなかった。

こういう場合、たいてい一生保護することになるのだ。

ドラゴンは雄っぱいがお好き　～もしくはドラゴンの恩返し～

アッシュは自分の屋敷……大きいだけで屋敷と言うにはあまりにも悲惨な状態の廃屋に入る。

屋根はボロボロ、床は穴が開いている惨状である。

その家の中に入るとアッシュはかろうじて朽ちていない木製の台の上にレベッカを乗せる。

そして部屋の奥にあるカバンをあさる。

レベッカの羽の治療をしようというのだ。

この世界には医者はほとんどいない。しかも医療のレベルは絶望的に低い。

治療用の回復魔法の使い手は存在するが高額すぎて利用できるのは貴族だけだ。

ゆえに庶民は自分で薬を調合するほかない。

むしろ魔術によらない治療技術を持つ傭兵の方が高い医療技術を持っていると言えるだろう。

「炭に油にヨモギに……あとは薬草を混ぜて……」

アッシュは皿に材料を入れ猛烈な勢いで潰しながら混ぜる。

あっと言う間に材料がドロドロになる。

「ほいできた。傭兵特製の湿布薬だ。ほいレベッカ、大人しくしろよ」

「はーい」

アッシュはできた薬を木のスプーンですくうとレベッカの折れた羽に塗っていく。

「やーん冷たい」

レベッカはキャッキャッと笑いながら身をよじる。

「ほーれ我慢我慢」

「はーい……いやーん」

レベッカは目をつぶってぷるぷるしていた。

くすぐったいのが苦手なようだ。

アッシュはレベッカの様子にほんわかしながら羽に薬を塗ると古着の切れ端で羽を縛った。一応添え木も当てておく。

「ありがとうです」

レベッカは長い尻尾をふりふりした。

アッシュはそれを見てレベッカの頭をなでなでする。

レベッカは目を細めた。

「さてと、治療もしたし次は食事だな」

アッシュは今度は食事の用意に取りかかる。

顔に似合わずアッシュは料理が得意である。

あらかじめ客がいることがわかっていたら、もっとちゃんとしたメニューを出しただろう。

だがこの日は材料自体がなかった。簡単なものしか出せないだろう。

かわいそうだがしかたがない。

薄く切ったライ麦の黒パンと干し肉を戸棚から出した。

一人暮らしを想定していたため食事は雑なものだった。

「こういうのしかないけど苦手なものないか？」

レベッカはニコニコする。

「嫌いなものはないです。にいたんありがとうです」

「じゃあ食べようか」

「あい」

レベッカは器用に前足……手でつかんだパンをもぐもぐと食べる。

その食欲は旺盛で自分の分を一瞬で平らげたほどだ。

ドラゴンは大食らいのようだ。

アッシュはレベッカの姿を見て笑った。

「もうちょっと食べるか？」

レベッカはふるふるふるふると首を振った。

「にいたんも食べてください」

だがニコニコ笑うレベッカのその口からはじゅるりとよだれが垂れている。

アッシュは優しくレベッカの頭をなでた。

「いいからいいから。食べなさい」

そう言うとアッシュは自分の分を全部レベッカにあげてしまった。

傭兵であるアッシュは空腹には慣れている。

兵站《へいたん》がなくなって空腹の中行軍したことも一度や二度じゃない。

このくらいは普通のことなのだ。

それになんだかレベッカは放っておけないのだ。

「……ありがとうです」

レベッカは申し訳なさそうにパンを食べた。

それでも体は正直なもので尻尾は揺れていた。

アッシュはレベッカの頭をなでる。

「いいからいいから。んじゃ俺は寝床作ってくるわ」

パンをもしゃもしゃ食べているレベッカを尻目にアッシュはベッドルーム……かつてベッドルームだった朽ち果てた部屋に行くと、床にあらかじめ部屋に運んでいた藁の塊に布をかけた。

寝床作りである。

レベッカの分の小さなスペースも一緒に作る。

「寝床できたぞー」

「はーい」

「さて油ももったいないし食べ終わったら寝るぞ」

食器は明日、明るくなったら洗うつもりだった。
アッシュは節約主婦のようなオカン属性を身につけていたのである。
こうしてたいへんな一日は終わった……かのように見えた。
夜間。
アッシュは寝付きが良い。
いつ睡眠を取ることができるかわからない傭兵業では必須のスキルである。
一見化け物じみた筋肉だけしかないように思えるアッシュもやはりプロの傭兵なのだ。
そんなアッシュに迫り来るものがあった。
殺気はない。
そんなものがあればアッシュは目を覚ましただろう。
それは小さな生き物だった。
小さい手足に羽の生えたピンク色の……要するにレベッカだった。
レベッカはアッシュの寝ている藁の寝床によじ登る。
レベッカはアッシュの様子を見る。
アッシュは寝息を立てていた。
それを確認するとレベッカは両手を挙げた。
「妖精さん。妖精さん。おうちを直してください！」
ぴかりとレベッカの体が光る。

光が止《や》むとレベッカはふうっと息を吐いた。

「ふー。疲れたの～。あとはお願いします」

レベッカは見えない誰かにぺこりと頭を下げた。

そしてアッシュの胸の所までやって来ると、くるくる回ってアッシュに体をくっつけて寝そべった。

でもどうにもすわりが悪いらしく今度はアッシュによじ登る。

そして腹の上でくるくる回ると寝そべる。

でもそれも違う。

最後にレベッカはアッシュに体をくっつけて脇の下に寝そべるとその発達した大胸筋、いわゆる雄っぱいにアゴを置いた。

そして一言。

「にいたんおやすみなさーい」

そうつぶやくとレベッカはすぐに寝息を立てた。

朝。

野鳥のさえずりが聞こえる中、アッシュは悩んでいた。

（……ここはどこだろうか？）

アッシュが起きるとそこは自分の部屋ではなかった。

なぜかレベッカが寝床にいるのはいい。

アッシュもなんとなくそうなるような気がしていた。

だがこの部屋の有様は問題だった。

まずアッシュの寝ているベッド。

寝ていたはずの藁の寝床ではない。ベッドである。

今まで味わったこともないようなフカフカのベッド。

しかも天蓋《てんがい》付きである。

アッシュが寝ぼけ眼でベッドから出ようとするとアッシュにぴったりと体をくっつけて眠るレベッカの存在に気がついた。

レベッカはアッシュの胸を枕にしてすやすやと気持ちよさそうに眠っている。

アッシュはそうっと気をつけながらレベッカの頭をベッドに置いた。

ベッドから出たアッシュは室内の様子を見て驚いた。

窓には気泡のない平らなガラス戸。

そこにはレースのカーテンがさわさわと揺れている。

朽ちて崩れたかび臭い壁は白い新品同様の壁に変わっていた。

フローリングの床の上には趣味のいい家具が並び、その上には素晴らしい縫製のぬいぐるみが並ぶ。

焦ったアッシュはリビングに向かう。

本当だったら床も天井もボロボロのはずのリビングも変貌《へんぼう》していた。

雨漏りのせいで穴が開いていた床はベッドルームと同じようにピカピカのフローリングに、朽ち果てた屋根は天窓付きの豪華なものに変わっていた。

リビングに置かれたソファーや椅子にはかわいいクッションが置かれ、部屋にあった腐った木の塊は本棚に変化していた。しかもよく見ると本棚の中はかわいい表紙の絵本だらけである。

アッシュの大きいだけのボロ屋は女の子の好きそうな『かわいい家』へと変貌していたのだ。

（な、なんじゃこりゃ～！）

アッシュは目をむいた。

アッシュのその顔は気の弱いものならショック死しかねない表情だったので被害はない。

アッシュは踵《きびす》を返し、レベッカの寝ている寝室に行く。

「れ、れ、れ、レベッカ。たいへんだ！　い、い、い、い、家が！」

珍しくかなり焦った様子でアッシュはレベッカをゆすった。

寝息を立てていたレベッカの目が開く。

「うーん……おはようですの～」

目がとろんとしたレベッカはまだ眠そうである。

「レベッカ聞いてくれ。家が直った……」

「あい……妖精さんが直してくれました」

レベッカはまだ眠いのかこくりこくりと船を漕ぐ。

「おーい。起きてー」

「あい……」

ごしごしとレベッカは目をこする。

「家が直ったんだけど、原因はわかる？」

アッシュが真剣な顔で聞くとレベッカは大きな口を開けてあくびをした。

「あい。妖精さんに頼んで直してもらいました……」

そしてもう一度こくりこくりと船を漕いだ。

アッシュはそれ以上の追及をあきらめざるを得なかった。

アッシュはポリポリと頭をかくと水をくもうと思った。

バケツを拾うと城の受付のように綺麗になった玄関に行き、その玄関ドアを開けた。

アッシュは一瞬目を疑った。

外に広がるのは一面の黄色。

それはひまわり。

ひまわりの花が庭を埋め尽くしていた。

アッシュはガシャンとバケツを落とした。

そして……

「メシでも作るか……」

ポリポリと頭をかくと嬉しそうに言った。

ツッコミ役はクリスタルレイクを目指す

時間は少しさかのぼる。
国境付近の砦に轟音と怒声が響いていた。
「くたばれノーマン野郎！」
槍を持った騎兵がマスケット兵に突っ込んでいく。
ノーマン軍のマスケット兵がフリントロック式のマスケット銃の引き金を引いた。
轟音とともにその銃から放たれた弾丸が騎兵の頭に穴を開ける。
頭蓋骨の破片と血液が後頭部の穴から飛び散ると騎兵が馬からごろんと落ちる。
同時に馬にも何個も穴が開き悲鳴とともにドスンとその巨体が倒れる。
「ケイン様あああァッ！　許さぬぞノーマンども！　うおおおおおおお！」
槍を持った護衛の兵たちがマスケット兵に突っ込んでいく。
おそらく騎兵はさぞ名のある騎士だったのだろう。
だがそんな騎士の名など火器の前では無意味だった。
ノーマン軍のマスケット銃が火を噴く。あとには槍兵たちの無残な骸《むくろ》が転がる。

他の部隊もひどい有様だった。

飛龍《ワイバーン》部隊の爆撃により手も足も出ずに壊滅する部隊。

せっかくの大砲をマスケット兵に奪われ逆に攻撃される部隊。

一番ひどいのは戦いもせずに裏切って投降するものたちだ。

戦略も装備もなにもかもが時代遅れのクルーガー帝国軍はあっと言う間に総崩れになっていた。

なにせクルーガー帝国軍はその数一千。

対して後のないノーマン共和国軍は砦の防衛に一万もの兵士を投入していた。

どう考えても勝てるはずがない。

だがクルーガー帝国軍は十倍もの兵力差で勝利できると本気で信じていたのだ。

なぜなら今まで勝利を収めていたからである。

主にアッシュの理不尽な力で。

しかも現場指揮官にまるごとその手柄は強奪されていた。

上層部はアッシュの存在を知らなかったのだ。

だから上層部は「俺たち最強！　気合いで勝てる！」などと勘違いしてしまったのだ。

その結果がこの有様である。

さて、ここでその状況に焦っていたものがいる。

国境付近を領土としていた辺境伯パトリック・ベイトマンである。

パトリックはノーマン共和国に領地を奪われるも命からがら逃走。

中央に逃げた彼は領土奪還の命を受け、兵を率いた。

帝王としては時間稼ぎの捨て駒でしかなかったが、不思議なことにパトリックは快進撃を続けた。

調子に乗ったパトリックはわずか一千人で一万人の兵を要する砦を攻略しようとした。

自分が神話に登場する大軍師だと勘違いしたのである。

その結果がこの大惨敗なのである。

まさに絵に描いたような無能、それがパトリック・ベイトマンなのだ。

豚のように舞い、豚のように刺す……主にせこい手段で。

それがベイトマン魂なのだ。

頑張れベイトマン！

生きてる限りノーマン共和国に損害を与え続けるのだ！

さてそんなベイトマン側にもかわいそうなことにごく少数のまともな人間が存在する。

当主の暴挙の後始末をし続け、当主の尻を拭《ふ》くためにリソースを消費する。

そんな貧乏くじを引くために生まれたような聖人君子が存在する。

美しい長い髪をまとめ、勇ましく鎧《よろい》を着用して馬に騎乗した少女。

そんなアイリーン・ベイトマンもその聖人君子の一人だった。

アイリーンはパトリックの末娘である。

父親の遺伝子を無視したような美しい顔に強い意志を感じさせる才女。

実際他家からも『優秀』と称されるほどである。

その実体は普段からあまりものを考えない家風を持つ一族の中で、一人家族の尻ぬぐいをする不幸な少女だった。

そんなアイリーンは気づいてしまった。この連戦連勝のおかしさに。気づきさえしなければ幸せだったのに。

そんな不幸属性を持つアイリーンは関係者に事情聴取をすることにした。

しかもアイリーンは優秀だった。

配下に命じて貴族は勿論として普通なら無視するような傭兵や雑兵に至るまで丁寧に聞き取り調査をしたのだ。

その事情聴取の中でアイリーンの元に重大な情報が舞い込んできた。

そこで今度はアイリーン自らが傭兵団をまとめる団長に事情聴取をすることになったのだ。

アイリーンは呼び出した団長と対峙《たいじ》していた。

随伴する文官から資料を受け取るとアイリーンが口を開いた。

「それで……このアッシュというのはどのような人物なのだ?」

アイリーンはいかにも貴族、それも武官といった口調で尋ねた。

傭兵団の団長は「へへへ」と笑うと鼻の下を指でこすりながら答えた。

アイリーンはその姿を見て「卑屈なやつだな」と思った。

「アッシュの旦那はそりゃ一騎当千の兵《つわもの》でさあ。銃も効かない。大砲の直撃を受けても無傷で元気に戦ってましたよ」

アイリーンは一瞬だけ「ほえ？」という間の抜けた表情をしたがすぐに咳をしてごまかした。

「ごほんっ。それは本当にヒト種なのか？　オークやオーガではなくて？」

この世界ではオークやオーガは下等な生き物とされ、ヒト種の標準語を話すことはできない。どちらかというと動物扱いされている。

ゆえにオークやオーガと会話が成り立つはずがない。

だから一応兵として戦えているアッシュは一応人間であると推測される。

「ええ……自信はありませんが、たぶん……ヒト種だよなあとみんな思ってました。話も通じますし。飛龍を石で撃墜したりとかやることは人間業ではありませんでしたが」

「なに？　飛龍を撃墜？　どうやって？」

一応この世界にも対空兵器として大型石弩《いしゆみ》バリスタなどがあるが、それは設置型の兵器であって個人で撃墜するのは不可能に近い。

飛龍を石で撃墜というのは個人のできる範囲を超えている。

「えぇっと口で説明するのは難しいですが上に石を投げてそれを棍棒《こんぼう》でこうッ！」

団長が棒を持って横に振るジェスチャーをした。

石を棒で叩いて空を飛ぶ飛龍に当てたらしい。

アイリーンは一瞬何を言われているかわからなかった。

「それは本当に人間なのか……？」

「人間……だと思うんですけどねえ。話しているうちにだんだん自信がなくなってきやした。他に

「だー！　ちょーっと待てーい！　明らかにおかしいだろ。ヒト種が大砲を肩に乗せて撃ったと？」

「そう言われても目の前で本当にやりましたし」

　完全に人外である。

「ノーマンの野郎どもはアッシュの旦那を見ただけで逃げ出すほどですよ。そのおかげで死人を出すこともなく戦《いくさ》は連戦連勝ってわけですぜ。いやこちらは楽させてもらいましたぜ」

　がははと笑う団長を前にアイリーンのツッコミが炸裂する。

　この少女。生まれながらのツッコミ気質である。

「ちょっと待てーい！　完全に人間ではないじゃないか！　い、いや、それよりアッシュとやらは救国の英雄ではないか！　なぜ今前線にいないのだ!?」

「そりゃ辞めましたから」

　満面の笑みを携えて団長はきっぱりと言った。ただしどす黒い笑顔で。

　よほど腹に据えかねたものがあったに違いない。

「なぜだ!?　それほどの男がなぜ辞める」

「そりゃ、給料ためて土地買いましたんで。アッシュの旦那はあんなナリして酒も飲まなきゃ賭博もしねえんですよ。それに……言わしてもらいますがねえ、その救国の英雄にお貴族様は何してくれたって言うんですかね？　お褒めの言葉一つもらったって話は聞いてませんがね。そりゃこんな商売辞めますわ」

団長は人の悪そうな皮肉めいた笑いを顔に貼り付けた。

「おい貴様。無礼だぞ！」

文官が怒鳴った。

だがそれをアイリーンは手で制する。

「そうだな……我々の落ち度だ」

素直に認めるアイリーンを見て団長は初めて真面目な顔をした。

今までの態度はアイリーンをお貴族様のバカ娘と侮ったものだった。

だがここでアイリーンが素直に非を認めたことで初めて団長はアイリーンを対等の存在として認めたのだ。

「お貴族様が非を認めるんですかい？」

「ああ、貴族とて人間だからな。間違いはある。私はアッシュ殿に謝罪せねばならないようだ。相応の報酬を持って手を貸してもらえるようにお願いしようと思う」

団長はふっと満足したように笑った。

「それはありがてえ。アッシュの旦那に戻ってもらえば千人力ですわ」

「ところでアッシュ殿はどこに土地を買われたのだ？」

質問をされた団長は絞り出すような顔をするとアッシュの情報を話す。

「それなら、ええっと……昔貴族の保養地だった……そうクリスタルレイクだ！　クリスタルレイクにいるはずです」

クリスタルレイクという単語を聞いたアイリーンが一瞬固まる。

その脳裏に幸せだった時代が思い出される。

「どうしやした?」

「いや……なんでもない。ありがとう団長。さっそく行ってみようと思う。皆のもの！　クリスタルレイクに参るぞ！」

「は！　さっそく馬車と護衛を準備いたします」

文官が頭《こうべ》を垂れた。

こうしてようやくツッコミ役がクリスタルレイクにもたらされることになったのだ。

アッシュさんとお菓子、そして妖精さん

「ふふーふーん♪」

常人なら狂気に至る邪神の咆吼《ほうこう》の如き鼻歌が聞こえてくる。

上機嫌で歌う巨人。アッシュである。

鍛え上げられて厚い胸板。

その胸板をオバサンが好きそうな花柄エプロンに隠し上機嫌で料理をしていた。

それは現代日本であれば即通報事案化するほどの異様な姿だった。

キッチンで事案発生。花柄のエプロンをつけた殺人鬼風の風貌の大男が料理をしている！

だが……自分の姿を知ってか知らずかアッシュは上機嫌だった。

少しずつ直す予定だった廃屋はなにもせずにリニューアル。

庭兼農地には搾油用に植えるはずだった大量のひまわりが咲き誇る。

あとで修理する予定だった井戸もきれいに修復されていた。

おまけに黒パンと干し肉しかなかった棚には大量の食材が溢《あふ》れていた。しかも高級品である白砂糖までもあるのだ！

アッシュはハイテンションで喜んだ。

この巨人、恐ろしいなりをしているが女子力が高い。

食材が無かったためレベッカにも雑な料理を食べさせたが、本来は料理をする男なのである。

しかも一番得意なのはお菓子作りである。

そんなアッシュがこの状況に喜ばないはずがない。

なにせ高級品の砂糖も使い放題なのだ。アーモンドや小麦粉まで発見したのだ。

調理器具まで揃っているのだ。

鼻歌を歌いながら巨人はアーモンドを木の棒で叩いて砕くと砂糖と混ぜる。

混ぜた物体に卵白を加えさらに混ぜる。混ぜる。混ぜる。

マジパンのできあがりである。

練ったマジパンをアッシュは器用にブタさんの形に成形していく。殺人鬼がブタさんマジパンを作る事案発生。

アッシュは異様に手先が器用なのだ。

もちろんお菓子作りだけではない。

男は一つのことをはじめたらそれに集中しがちだが、その点アッシュは抜け目なかった。

ちゃんと朝食の用意もしていた。

棚に出現したベーコンを薄く切って焼く。

このベーコンがどこから来たのかという細かいことは考えない。

焼いたベーコンをライ麦の黒パンを切ったものの上に置く。

レベッカの朝食である。

焼けたベーコンの香りが鼻腔をくすぐりレベッカの鼻がひくひくと動く。

するとレベッカの目がカッと開く。

「ごはん！」

レベッカが飛び起き、ベッドから急いで降りるとキッチンへ大急ぎで走る。

「ごはんですかー!?」

それを見たアッシュはクスクス笑う。

「おー起きたか。メシできたぞ」

「はーい♪」

レベッカはピコピコと歩いてテーブルへ向かう。

「家を直してくれたお礼な」

と、いうのは建前である。

この巨人、実は他人とのコミュニケーションに飢えていたのだ。

アッシュを怖がらないで会話のキャッチボールができる生物は皆無に等しいのである。

それにアッシュの料理を食べてくれる人間も少ない……いや全くいない。

一緒に食事を取ってくれるだけでアッシュはたまらなく嬉しいのだ。

アッシュは皿に乗ったパンとマジパンをレベッカに見せる。

それを見たレベッカが目を輝かせる。

「わー、かわいいー！　すごーい！」

レベッカは尻尾をブンブンと振る。

レベッカは体が小さいので逆に尻尾に振り回されているようである。

お尻も左右にブンブンと揺れる。

その様子を見てアッシュはほっこりとした。

なにせ今までその恐ろしい容貌のせいで女性はおろか子ども、犬や小動物に至るまで全てに避けられてきたのだ。

その絶望感はこのまま一生孤独に終わるという確信に至るほどである。

それがドラゴンといえどもコミュニケーションの取れる相手がここまでなついてくれたのだ。

嬉しくないはずがないのだ。

「気に入ったか。ほれ、椅子に上げてやる」

「はーい」

アッシュはレベッカを抱き上げると椅子に座らせる。

「いただきまーす」

「はい召し上がれ」

レベッカは器用にパンを口に運ぶ。

途端に顔がニコニコしてくる。

「おいしー！　アッシュにいたんはお料理上手なんですねー」

「いやー♪」

アッシュは照れながら頭をポリポリかいた。その姿はまんざらでもないといった様子である。

なにせ今までの人生においてたとえ味方でも「アッシュの兄貴、そりゃ敵兵の人肉料理っすか？　え、食べるか？　……いや俺は医者に人肉は食べないように言われてるんで……さすがアッシュの兄貴パネエっす」という言葉を容赦なくアッシュに浴びせてきたのだ。絶対に料理なんか作ってやりたくない。

ところが今はかわいい生き物になつかれて料理を褒められる。アッシュはテンションを最高まで上げていた。

「ご飯食べたらひまわり見に行こうな」

「あーい」

レベッカはもぐもぐと朝食を食べる。

アッシュと目が合うと「えへへー」と嬉しそうにした。

楽しい一日は始まったばかりだ。

ご飯が終わると庭に出る。

レベッカとひまわりを見ようというのだ。

「わーひまわりさん！」

レベッカが走り出す。

「迷子になるなよー。あと羽をぶつけないように気をつけろよー」

「はーい」

アッシュはひまわりを観察する。

どうやら本物のようだ。

「まあ細かいことを気にしてもしかたがないな」

アッシュは一人で納得した。

レベッカはひまわり畑に消えてしまって姿が見えない。

そこにはアッシュしかいないはずだった。

なのにどこからともなく声がする。

「ドラゴンライダー様」

それはアッシュを呼ぶ声だった。

だがアッシュは自分自身がドラゴンライダーであることを知らなかった。

「誰だ」

どうにも人間の気配ではない。

アッシュはハリセンを持ってなかったので拳《こぶし》に聖属性の気をこめる。

「こちらに敵意はございません。お願いですからその物騒な拳をしまってください」

ひまわり畑をかき分けてなぜか執事の格好をした短髪の女性が現れる。

アッシュは警戒しながらも確かに敵意がないことを感じ取っていた。

「私はアークデーモンの瑠衣《るい》と申します」

ルビがないと物騒なのだがそれはアッシュには伝わらない。

とりあえず悪魔《ようせい》だということはわかった。

瑠衣からは上品さとインチキ臭さが合体したなんとも言えない雰囲気が漂っていた。

「このたびは我が主を保護してくださりありがとうございます」

我が主《あるじ》……アッシュには思い当たる節があるのは一つだけである。レベッカのことに違いない。

「は、はあ。えっと貴女はレベッカの……」

保護者だと嬉しいなあとアッシュは思った。

「下僕です」

だが瑠衣は笑顔で物騒なことを言った。

「はあ……」

アッシュはレベッカのお母さんが雇った人だろうと脳内で適当に解釈した。

「それでレベッカのお母さんは？」

瑠衣が困ったような顔をした。

「申し訳ありませんが先代様は現在どうしても迎えに来られない状況にございます」

病気や怪我で来られないということだろうか？

「じゃあ貴女が迎えに来られたということですか？」

とりあえずアッシュは直球で聞いてみることにした。

目の前の女性が本当にアークデーモン《ようせいさん》なら嘘をつく必要もない。ただ奪えばいいだけだろう。

だがアッシュはどうにも腑《ふ》に落ちない。

この瑠衣という女性からは殺気がまったく感じられないのだ。

すると瑠衣は悲しそうな顔をしてアッシュの質問に答える。

「いいえ。残念ながら私は盟約に縛られているためレベッカ様のお世話はできません。それに致命的な問題もございますので……そこでアッシュ様にレベッカ様のお世話をお願いにあがりました」

これにはアッシュも拍子抜けした。

だから腹芸もなにも忘れて素の反応を返してしまった。

「はあ……レベッカといると楽しいんでいいですよ。あ、そうそうレベッカが怪我をしたんです。アークデーモン《ようせい》の薬とかありませんか？」

「アークデーモン《ようせい》の薬はございませんが大丈夫です。ドラゴンは幸せを魔力に変換する生き物です。なるべくかまって頂ければすぐに治ることでしょう」

「はあ……」

どうにも腑に落ちない。

生き物なのにそんないい加減でいいのだろうか？

アッシュが考えていると瑠衣は真面目な顔をして言った。

「それと……ドラゴンは寂しいと死んでしまいます。お気をつけください」

「はい？」

いきなり物騒な話になった。

アッシュがあわてると瑠衣は説明をはじめる。

「昔話でドラゴンが人間をさらう話が多くございますよね？」

「確かによくありますね」

村娘をさらったり、王女をさらったりとかの昔話だ。

「あれらは人恋しくなったドラゴンが友達や恋人を作ろうとした話なのです」

ドラゴンは人間が大好きだったのだ。

かまって欲しかったのだ。

「ドラゴンは人間なしには存在を維持できない弱い生き物なのです」

「ドラゴンが……弱い？」

アッシュは首をかしげた。

ドラゴンは最強の生物のはずなのだ。

「ええ、どこまでも弱い生物です。ドラゴンはたった一日放置しただけで幸せを失って消滅するほどです。はるか昔には神様の真似をして生け贄《にえ》を要求したりしてたそうですが、ほとんどのドラゴンが住民に逃げられて幸せが枯渇して消滅したそうです」

「消滅……ですか」

「ええ。幸せのなくなったドラゴンは飢えてこの世から消え失《う》せてしまうのです」

ごくりとアッシュはつばを飲み込んだ。

責任重大である。

「ですが心配なさらないでください。飛龍以外のドラゴンはその他の要因では死にません。レベッカ様の羽が折れたのも一人で暗いところにいたためでしょう」

飛龍はかつて歩兵殺しと言われた強力なモンスターである。一般的に頑丈かつ知能が高く従順で扱いやすいと言われている。

飛龍は空から一方的に攻撃を仕掛けることができるためかつては騎士団などで飼育されていた。だが火薬の時代の到来によって非力すぎて火薬樽などを運べない飛龍は戦略的価値が低下している。そのため近年では偵察任務が主になっている。

このレベッカはそんな飛龍を上回る丈夫さを持つらしい。

「なるほど……じゃあ薬とかはいらないのですか？」

「いいえ。治療してもらって大事にしてもらってることが重要なのです。それなしではドラゴンは存在を維持できません」

「なるほど。……わかりました。とりあえずなるべく一緒にいます」

アッシュの言葉を聞いて瑠衣がにこりと微笑む。

それは母親のような、祖母のような……アッシュには両方存在しないが、なんとも慈愛に満ちた表情だった。

「それではレベッカ様をよろしくお願いいたします。それとお菓子美味《おい》しゅうございました」

瑠衣は礼儀正しく上品に頭を下げた。

アッシュは「あ、ども」と返すしかなかった。

「それでは失礼いたします」

どこまでも上品に瑠衣はひまわり畑に消えていった。

するとひまわり畑に元気な声が響く。

「にいたん！」

レベッカがアッシュに抱きつく。

アッシュはいろいろと疑問に思っていたがレベッカの抱きつき攻撃になんだかどうでもよくなった。

アッシュさん、ツッコミと出会う

数台の馬車がクリスタルレイクの村長宅の前に止まった。

その中でも一番豪華な馬車から鎧を着た容姿端麗な女性が降りてくる。

アイリーン・ベイトマンである。

アイリーンはクリスタルレイクを一瞥《いちべつ》すると感慨深そうにつぶやいた。

「ずいぶん変わったな……」

アイリーンがまだ小さい頃、ベイトマン家もクリスタルレイクに別荘を持っていた。

だが父の無能さから家の財政は悪化、結局人手に渡ってしまったのだ。

アイリーンの子どもの頃、クリスタルレイクは旅行にやって来る貴族やそれを目当てにやって来る商人で賑わっていた。

様々な商店が建ち並び、通りでは大道芸人が芸を披露し、子どもたちが嬉しそうにはしゃいでいた。

それが今や廃墟と雑草しかない惨めな有様である。

「これも戦乱のせいだろうな……」

思い出を汚されたような気がしてアイリーンは深くため息をついた。

そんなアイリーンに鎧を着た女性が声をかける。

アイリーンの副官のベルである。

「アイリーン様。これから村長に会うのですからそんな顔をなさらないでください」

「そうねベル。お父様の代わりに私がしっかりしないと」

幸薄い台詞《せりふ》を吐露しながらもアイリーンはシャキッと背筋を伸ばした。

そんな主人の様子を見てベルはふふっと優しく笑う。

「これもお家のためです。がんばりましょうアイリーン様」

さらに護衛のために後ろにいた二人もアイリーンをはげます。

「まあ、なんかあったらアイリーン様はベル姐さんとカルロスを盾にして逃げてください。その間、俺が時間を稼ぎますから」

軽薄そうな顔をした騎士が言った。護衛のアイザックである。

軽薄でひどい発言だが主君と上官を守るという最低線は外さないずるい発言でもある。

アイザックはこういう男である。

そのアイザックにひどい扱いを受けたカルロスと呼ばれる華奢《きゃしゃ》で背の小さい騎士が文句を言う。

「アイザック、俺が盾かよ！」

「もちろんだ。俺たちが盾だ」

アイザックはそう言って笑いながらカルロスへ手を差し出す。

カルロスはしぶしぶその手にハイタッチをする。

この二人は仲の良い相棒なのだ。

「まったくお前らは仲良しだな！」

アイリーンが笑う。

「まあ学生時代からのダチなんで」

アイザックがカルロスと肩を組む。

それを見てベルまでが「うふふふ」と笑った。

談笑しながら四人が屋敷の前に行くと村長が頭を下げていた。

「今日は遠いところをはるばる……」

「挨拶《あいさつ》はよい。今日はある男のことを聞きに参った」

村長の額に汗が浮かぶ。

アイリーンもベルもなにか知ってるなと察した。

「立ち話もなんですから……はい……」

村長はぺこぺこと頭を下げる。

「うむ」

四人は村長に招かれ話をすることになった。

村長の屋敷、その応接間に四人は案内された。

本当だったら嫁入り前の淑女の態度ではないが、今日は領主代行と騎士として来ていたのでなるべく横柄に振る舞った。

確かに謙虚さは美徳だしアイリーンは横柄な態度は心の底から嫌いだ。

だが村役人には最初から自分たちが支配者側であることを示さなければ舐《な》められてしまう。

「それで……今日はアッシュの話ですかな？」

アイリーンたちが切り出すまでもなく村長はアッシュの話題を切り出した。

「村長。アッシュ殿を知っているのか？」

「アッシュ……殿……？　え、ええ、アッシュは昔この辺にあった孤児院にいた子です。ですが孤児院の院長が死んで行き場がなくなったので口減らししたのですが、ひょっこりと戻ってきまして……」

「口減らし……？」

アイリーンにとっては不愉快な言葉が出た。

貧しい農村などでは口減らしという名目で赤ん坊や子どもを売り飛ばしたり、ときには殺してしまうのだ。

貴族の目には実に野蛮な連中に映ることだろう。

そのような農村を貴族は嫌悪している。

かと言ってその悪習を禁止しても村には子どもを養うだけの蓄えなどない。余計に死人を出すだけなのだ。その現実をアイリーンは知っていた。

現実を知っているからこそ、いくら怒りを感じようとも自身に残酷な世界の仕組みを変える力がないことをアイリーンは理解していた。

あきらめるしかない。少なくとも今は。

そんなアイリーンの厳しい視線を感じ取った村長は卑屈な表情で弁解する。

「ええ、まあ、褒められたことではありませんが、我が村も戦災でこのような有様でして……それに我々もなにも殺してしまおうと思っているわけではありません。ちゃんと傭兵ギルドに売りました。炭鉱に売るよりはいくらかマシでしょう」

アイリーンは不愉快に感じながらもそれを顔に出さず、「そうだな」と心にもない返事をした。

確かに十年後の生存率を比べたら多少はマシだろう。

村長の考えは決して褒められたものではないが、この世界では異常というほどではない。

いくらアイリーンが腹に据えかねても叱り飛ばすほどではない。

そんなことをしたらアイリーンが異常なほど怒りっぽい人物と思われかねない。

だからアイリーンは怒りを顔に出さず話を進める。

「それで……そのアッシュ殿が帰って来たのか」

「ええ、他人みたいな顔をしてひょっこり帰って来ました。まあ何年もいたわけじゃないから本当にここが故郷であることを忘れているのかもしれませんが……」

恥ずかしげもなくそう言う村長の顔面に拳をねじ込みたい衝動を抑えてアイリーンは質問を続ける。

「それでどこに住んでいる」

「ええ。エルムストリートの一番奥の屋敷におります。あそこは、エルムストリートも一等地でしたが今や廃墟が並んでいる有様ですよ」

村長が残念そうにしみじみと言った。

アイリーンは村長の様子を見てもう聞き出すことはないと立ち上がる。

アイリーンも激怒していたが副官と護衛で連れてきた騎士たちもまた無表情で怒っているのがわかったのだ。

副官のベル、それに護衛で連れてきたアイザックとカルロス。

三人とも騎士は弱いものを守るためにいるという建前を大事にしている。

もちろんアイリーンも現実を理解しながらも建前を重視していた。

これ以上、村長と話していたら爆発しかねない。

「あいわかった。これからアッシュ殿に会いにいくとする」

「では私がご案内を……」

「いらぬ」

アイリーンは断った。

不快な思いをしてまで村長を連れていこうとは思わない。

それに交渉相手のアッシュの機嫌を損ねる可能性があった。

「ではお気をつけなされ。あの屋敷は異常です」

「どんな意味だ？」

アイリーンはバカバカしいと思いながらも一応耳を傾ける。

「昨日まで廃墟だったというのにたった一晩で屋敷が建っていたというのです」

村長の顔は蒼白《そうはく》になっていた。

アイリーンは村長を見て「今まで売った子どもの呪いだろう」と思った。

だがそこは貴族。そんな小馬鹿にした態度はおくびにも出さず一言。

「あいわかった」

そう言うとアイリーンは村長の屋敷を飛び出す。

ベルも無言で主人の後に従う。

実は二人は知っていたのだ。屋敷の場所を。

村長の屋敷から出るとアイリーンは「ふふふ」と笑った。

「ふふふ……ベル。エルムストリートの一番奥だそうだ」

「懐かしゅうございます」

とは言ってもベルはそれほど屋敷には詳しくない。

少し知っているという程度だろう。

案内をしようと下男がアイリーンたちを追ってくるのが見えた。

「なにか縁を感じるな。まさかかつて我が家の持ち物だった場所とはな」

アイリーンは村長宅からエルムストリートへ続く道を見る。

かつては整地された立派な道があったのだろうが、今は見る影もなく荒れ果てている。

馬車では通ることができないだろう。

「こうも荒れていると馬車では行けまい。ベル歩くぞ」

「かしこまりました」

護衛を連れた二人は下男とともにゆっくりと歩いていく。

歩きながらアイリーンはかつてのクリスタルレイクを思い浮かべていた。

アイリーンにだけはきれいな町並みが見えていた。

思い出すのはあの夏の日。

アイリーンが出会った、少年との思い出。

体は大きいけど傷ついた動物の世話を一生懸命にするような優しい少年だった。

そんな彼と過ごした日々はアイリーンの中で美しい思い出として昇華されていた。

できることならもう一度会いたい。

きっとかっこいい大人になっているはずだ。

いや思い出は美しいままであった方がいいのだろうか……でも会ってみたい！

「アイリーン様。にやけてます。もう到着しますよ」

「おっと」

アイリーンはまたもやシャキッとする。

妄想をしていたらどうやら屋敷の近くまで来てしまっていたらしい。

アイリーンは屋敷を見て声を失った。

それは異様な姿だった。

廃墟の中でそこだけが完全な姿を留めている。

壁も門扉も花畑も白い屋敷もそのままの姿だった。

アイリーンは目を輝かせた。

そんなアイリーンにベルは冷静な声を浴びせた。

「アイリーン様。いかがいたしますか？　このまま突入いたしますか」

「ベルはどう思う？　私は敵意など感じないが」

「そうですね。敵意などは感じません。ですが他の屋敷と比べると明らかに異様です」

「そうか。では一人を残して入ろう。おい貴様、我らが戻らなければ村長に援軍を寄こすように言え」

アイリーンは下男に伝えた。

「へぇ」

「化け物屋敷に入らなくて良かった」という顔をした下男を置いてアイリーンは開けっ放しの門から屋敷に入った。

敷地にはひまわり畑が広がっている。

それはアイリーンの知っている屋敷そのものだった。

「これ程までの建築を一夜でこなすとは……アッシュ殿は魔道士でしょうか？」

魔道士としても規格外であるが腕のいい大工よりはまだ信憑《しんぴょう》性がある。

「どうだろうか？　私は戦士だと聞いていたが」

アイリーンにとってはどちらでもよかった。

少なくとも子どもをさらう魔女ではないのだから。

そんな彼らに話し声が聞こえてくる。

「にいたん。にいたん。ひまわりさんはなにに使うんですか？」

小さな女の子の声だ。

「種を搾って油にしたり食べたりかな。まだ採れないから今日は裏の荘園跡を耕そう」

今度は優しそうな男性の声がした。

「あい！」

それはなんとも牧歌的なやりとりだった。

アイリーンはくすりと笑った。

子どもとこんなやりとりをできる男が危険なはずがない。

ベルも同じ感想だったようでくすりと笑うと声の主へ声をかける。

「すまないがアッシュ殿であらせられるか」

アッシュは平民だがアイリーンはわざと「殿」をつける。

自分がお願いをする立場だとわきまえているからだ。

「あ、はーい。レベッカお客さんが来たみたい。バッグに入ってくれる？」

「はーい。にいたん」

男性と女の子の声がし、ひまわり畑からガサガサと音がする。

(なんだ聞いていたのとはずいぶん違うじゃないか。噂とはあてにならぬものだ)

と得意満面になったアイリーンはふふんと胸を張った。

そして声の主がぬうっと畑から顔を出した。

その姿を見たベルの顔色が変わる。

それは身の丈二メートルを超える大男だった。

しかもおとぎ話に出てくる鬼のような顔をしていたのだ。

護衛のアイザックが叫んだ。

「姫様！　あれはアークデーモンです！　くっ、なんという強大な気だ。ここは俺が引き受けます。はやくお逃げください！」

もう一人の護衛であるカルロスも叫ぶ。

「あああああああああああッ！　もうダメだー！　俺たちは殺されるー！」

そして副官のベルは立ったまま気絶していた。

アイリーンの部下たちは一瞬にしてパニックを起こしていた。

そしてアイリーンは……

……ぱたり。

声も上げることもできずに倒れた。

さすがにこれは卑怯《ひきょう》だろと。

そのまま意識朦朧《もうろう》としていたのだ。

「に、にいたん。女の人が倒れてます」

女の子の声がする。

それとともに重い足音が聞こえる。

「大丈夫ですか？」

男性の低くとても美しい声がした。

「ひ、姫様に近寄るな魔族め！」

アイザックの声だ。

「いや俺人間……」

男性はあわてて弁解する。

「よ、寄るな斬るぞ」

アイザックが剣を抜いたようだ。

「子どももいるのに危ないなー。てい」

ぱきん。

いっぱつで剣が折れたようだ。

「我が家の家宝が手刀で一刀両断に！　これがアークデーモンの実力なのか！」

アイザックが叫ぶ。

「だから俺は人間ですって」

とてもいい声だ。

それなのに必死に弁解しているのがアイリーンには面白くも心地よく感じた。

「手刀で剣をたたき折る人間がいてたまるか！」

それに対してアイザックはごくあたり前のことを言った。

「人間ですってー」

必死に弁解する男性。

だがアイザックは聞いていない。

「ベル姐さん、姫様を逃がせ！　く、くそ、ここは俺が引き受ける。姫様を逃がせ！」

今度はカルロスの声がする。

「もー危ないなあ」

どごん！

「歴戦の騎士をデコピンで瞬殺だと……これが魔族の実力だというのか……」

どうやらカルロスは一撃で倒されたらしい。

意識朦朧としたアイリーンの耳に声が聞こえてくる。

ああ……我らはここで終わるのだな……

アイリーンは思った。

アイザックと男性の言い争いは続く。

「だからー！　俺は人間ですって！」

「嘘をつくなー！！！」

アイザックは強情だ。

だがそこに第三の声が響いた。

「にいたんは人間さんですよ」

「え？　……キミ誰」

アイザックが素で驚いた声を出した。

「レベッカなのです♪」

「えええええええええー！」

アイザックの驚く声が聞こえる中、アイリーンの意識はぷっつりと途絶えたのだ。

アッシュさんと木苺のパイ、それとレベッカたんとベル姉さん

アイリーンが起きると手を握るベルの顔が見えた。

アイリーンはベッドに寝かされていた。

アイリーンはベッドのある部屋に見覚えがある。

確か屋敷のゲストルームだ。

「アイリーン様」

ベルの声がした。

アイリーンはベルにたずねる。

「ベル。ここはアッシュ殿の屋敷だな……どうなった」

「それが……アッシュ殿は……」

ベルの口調が重い。

なにかあったのかもしれない。

「アッシュ殿は？」

ベルが目に涙をためる。

「な、なにがあったベル！　もしかして辱めを受けたのか!?」

家臣とは言えベルは血縁上はアイリーンの従姉妹《いとこ》にあたる。

辱めを受けるなどという不名誉を受けさせるわけにはいかない。

そうだとしたら名誉のためにアッシュを殺さねばならない。

たとえそれが高い確率で返り討ちにされるとしてもだ。

それが主家に生まれたものの責任なのだ。

「そ、それが……」

ベルは目に涙をためる。

「それが？」

ほんのり頬も赤い。

ベルは言った。

「ものすごくいい人でしたー！」

「ほえ？」

アイリーンは貴族の子女には許されないような間の抜けた声を出した。

そう言えばアッシュは出てきただけでなにもしてない。

それなのにアイザックはアッシュに剣を向けてしまったのだ。

そのことをアイリーンは思い出して顔を青くする。

「わ、わ、わ、私はなんてことをしてしまったのだ……」

本来なら平民のアッシュにそこまで気を使うことはないのだが、アイリーンは自分がお願いをする立場だとちゃんと理解している。

これでは交渉する前から失敗していると思ったのだ。

だがベルは冷静に主に意見する。

「あ、いえ、そちらは問題ありません。アッシュ殿はいつものことだから気にするなと仰っておりました」

アッシュは女性と子どもには怯《おび》えられてしまうのだ。

「いつものことなのか！」

アイリーンがたまらずツッコむ。

そんな日常は嫌すぎる。アイリーンは思った。

だが瞬時に頭を切り換えて冷静にアッシュという男を値踏みする。

どうやら相手は肝の据《す》わった男のようだ。

これではまるで神話の英雄ではないか。顔以外は。

アイリーンは最高に失礼なことを考えながらゴクリとつばを飲み込んだ。

この大ポカを超える問題とは一体何だろうか？

「そ、それで問題とは……？」

「アッシュ殿は」

またもやベルは口ごもる。

「アッシュ殿は？」

ベルは目に涙をためて言った。

「ものすごくお料理が上手なんですー！」

ズルッとアイリーンがコケた。

何とか踏ん張って体勢を整えるとアイリーンはため息をつく。

「なんだそんなことか」

アイリーンは貴族の令嬢である。

料理など自分でやったことはないので残念ながらアッシュのすごさがわからない。

「料理人には男も多いんだしそのくらい珍しくなかろう……」

だがベルは熱く語る。

「そんなレベルではありません！　あの料理は別格です。それをあんな筋肉の塊が作ったかと思うと女として負けた気分になるんです！　これを見てください」

ベルがひどいことを言いながらゲストルームのテーブルに乗った皿をアイリーンに差し出す。

皿にはかわいくディフォルメされた動物や果物のマジパン菓子が鎮座していた。

「ずいぶんかわいいな……戦時でなければ帝都でも話題になっただろうな」

アイリーンは素直に感心する。

「アッシュ殿の作品です」

「ほう素晴らしいな」

アイリーンは賞賛しながらも思った。

（あのナリでこんなファンシーな造形をどこからひねり出しているのだろうか？）

失礼続行中。

「これは運命だと思いませんか？」

ベルの目が血走っていた。

「お、おう」

アイリーンは「またかよ」という顔をした。

ベルは普段は冷静で有能、しかも美人のお姉さんタイプで男にもモテるのだが一つだけ大きな欠点があった。

かわいいものを愛しすぎているのだ。

自分の部屋はぬいぐるみで埋め尽くし、猫がいると聞いたら追いかけ回す。それがベルなのだ。

「アイリーン様！」

ベルは真剣な顔、いや狂気に傾いた顔をしていた。

「お、おう」

「アッシュ殿との婚姻のお許しを」

アイリーンは一瞬何を言われているかわからなかった。

「何を言っているのだ貴様は」

「うんもー、こんなかわいいものを出されたら結婚するしかありません！」

ベルがクネクネと身をよじる。

顔はなぜか紅潮している。

「顔が怖いんだろ？」

アッシュ最大の欠点である。

「うん、もう、圧倒的な長所の前では欠点の一つや二つどうでもいいことなんですって」

そう言うとベルはアイリーンの目を見つめる。

ベルの目は本気と書いてマジだった。

アイリーンは何を言っても無駄なことを覚《さと》る。

「お、おう。それで我が軍への加勢についてはどうなった」

アイリーンが軽くスルーして本題を切り出すと目が血走っていたベルが途端にシャキッとした。

「さらに大きな問題が発生しました」

「問題とは？」

「それが……」

「お姉ちゃん起きました？」

アイリーンの目に尻尾をふりふりする小さな生き物が見えた。

目が合うと首をかしげる。

アイリーンが固まっているとベルが小さな生き物をがばっと抱きしめる。

「レベッカたんかわいい！」

ベルの頬ずり攻撃。

「いやーん」

レベッカは身をよじる。

でもその顔は遊んでもらえるので嬉しいという顔だ。

その証拠に小さな生き物はニコニコしながら尻尾を振っている。

「レベッカたん！　お兄さんを私にくださいっ！」

ベルが猫なで声を出す。

「やー♪」

レベッカはノリノリな様子でバッサリと一刀両断にする。

「神よ！　私に死ねと仰るのか！」

ベルがオーバーアクションで悲劇のヒロインを演じる。

一向に話が進まない。

しかたないのでアイリーンはむりやり話を変える。

「それはいいから！　なにが問題なんだ!?　その子か？」

再びベルがしゃっきりとする。レベッカを抱っこしながら。

「私も初めて見たので断言はできませんが、レベッカはドラゴンです。それも原種に近いドラゴンです」

アイリーンが固まった。

「な、な、なんだと……」

アイリーンが驚くのも無理はない。

人間に飼われている飛龍とは違い、そもそも野生のドラゴンは会ったら即死クラスの生き物である。

あまりにも数が少なすぎて被害報告はないがとにかく危険な生き物とされているのだ。

調子に乗った王が軍を動かし、ドラゴンにちょっかいを出して国ごと滅ぼされた昔話はいくらでもあり、アイリーンもそういった昔話を聞いて育ってきたのだ。

しかもレベッカは神と同一視される原種のドラゴンだというのだ。

アイリーンは笑いながら泣くという端から見ても哀れなほどの有様になった。

「あはは……終わった……神聖帝国……完全に終わった……」

アイリーンが力を失い膝から崩れ落ちる。

「ベル……今に母親が取り返しに来るぞ……そして一瞬で我が国は消し炭にされるんだ……あははは」

壊れるアイリーンが紡ぐ言葉をベルはニコニコとしながら否定する。

「あ、いえ、それは大丈夫です。ねー、レベッカたんがどうしてアッシュ殿のところに来たか教えてくれるかな？」

レベッカと呼ばれたドラゴンが「あーい」と手をあげて答える。

「ママがドラゴンライダーさんが迎えに来てくれるから待っててねって言ってました。それで待ってたら喉が渇いたので水を飲もうとした井戸に落ちちゃいました。それで暗くて怖かったので泣いてたら、にいたんが助けてくれました！」

レベッカはキリッと真面目な顔で答えた。

するとベルは満面の笑みでレベッカをほめた。

「よくできましたー。いい子ねー」

「あい」

ベルがレベッカをなでなでする。

レベッカは尻尾をふりふりする。

ベルとレベッカはすっかり仲良しである。

「つまり今のところはドラゴンの意思であって危険はないということか……」

「そうだと思います。ですがこれは国の一大事です。優先すべき事柄だと思われます。……レベッカたんのぬいぐるみを作ったり、レベッカたんの絵を描いたりとか」

最初に正論を言いながらもベルは欲まみれの顔をして後半で台無しにした。鼻血を出しながら。

「お、おう……それでアッシュ殿は？」

ダメな娘は相手にしつつ話を逸《そ》らすのが一番であるとアイリーンは知っていた。

「アッシュ殿は……」

すると低いのによく通る声がアイリーンたちのところまで響いてきた。

「木苺のパイが焼けたぞー！」

空気を読まず巨人が押し入ってくる。

その場の視線が巨人に集まる。

アイリーンは一度恐怖で気絶したためか耐性がついていた。

巨人は妙に機嫌がいいように見受けられた。

「ね、料理がお上手でしょ」

ベルが感情のこもらない声でそう言った。

よほど悔しいらしい。

「え、なに？　キッチンは絶対に譲らないからな！」

アッシュは強行に主張する。


いらねえよ。


その場にいたレベッカ以外の冷たい視線が突き刺さる。

「……こほん。アッシュ殿、軍に戻っては頂けないだろうか？」

アッシュの自信作のパイを完全に無視してアイリーンは言った。

「え、無理」

アッシュによる無慈悲な一刀両断。

アイリーンはそれでも食いつく。

「なぜだ！　報酬はちゃんと払う。いや皇帝陛下にこのたびの活躍を報告すると約束しよう。爵位も夢ではないぞ」

「いや、だってレベッカいるし。小さい子を一人にできないだろ」

アッシュはその恐ろしい顔からは想像もつかないような常識的な意見を放り投げてきた。

アイリーンは再び固まった。確かにアッシュは間違ってない。

ドラゴンの世話はなにより優先されるべきだ。

ベルも困った顔をして言った。

「姫様。これが一番の問題なのです……アッシュ殿は動けません。それにドラゴンをないがしろにしたら確実に国が滅びます」

「ぐぬぬぬぬぬぬ……」

アイリーンは一生懸命考える。

そして目を見開き宣言した。

「わかった、なにかいい手がないか考えよう！　ええっとアッシュ殿、この部屋をお借りしてもよろしいかな？」

「え、ええ構いませんけど……部屋余ってますし……」

「よしベル。アッシュ殿を説得するぞ！　わかったな！」

「ハッ！」

「え、ちょっと！」

あわてるアッシュをはるか彼方《かなた》に置いてけぼりにしながらツッコミが村に滞在することになったのだ。

だがアッシュは不思議と嫌ではなかった。

人間は独りでは生きることはできないのだから。

今まで人間扱いされていなかったアッシュもやはり人間だったのだ。

妖精さんはアッシュさん手作りのお菓子がお気に入り

その日アッシュと一行は農地に来ていた。
レベッカはベルが抱っこしている。
そこは荒れ果てた元農地だった。
かつては様々な野菜や果樹などが栽培されていた。
ところが今や戦災で放棄され瓦礫や石が散らかり雑草が生え放題の有様である。
これを元に戻すには年単位の時間が必要だろう。
だがこの土地の持ち主はアッシュである。
最強の傭兵アッシュなのだ！
アッシュはクワを振りかぶる。
アッシュは「ふおおおおおおお」っと息を吐き呼吸を整える。
「奥義岩斬爆撃鍬！」
クワが光り、まるで隕石が落ちたような爆発と衝撃波が発生する。
その衝撃波で数百メートルにわたり地面がめくり上がっていく。

そしてめくり上がった土が今度は次々と爆発する。

もし巻き込まれたら人間など破片も残らないだろう大技である。

「ふう、畑打ち完了」

雑草や邪魔な石までも塵になって状態は完璧である。

「にいたんすごいですー！」

きゃっきゃっとレベッカが喜ぶ。尻尾が激しく揺れている。

いい加減アッシュの顔になれてきたアイリーンがアッシュの必殺技を見て呆れた声を出した。

「アッシュ殿、貴方は本当に人間なのか？」

一瞬間が空く。

アッシュも少し考えているらしい。

「人間ですよ」

キリッ！

「どこの世界に戦術級の大技を繰り出して畑を耕す人間がいるんだ！」

アイリーンが怒鳴る。

「大丈夫です。人間には使ったことはありません！」

人間に使ったら大量虐殺になってしまうほどの大技である。

優しいアッシュが使うはずがない。

それに通常の戦闘では使う必要はない。

そもそもアッシュは傭兵である。

本来傭兵は数合わせの派遣である。

なので適当に戦って死なない程度に適当に撤退するのだ。

こんな技を使う必要などない。

それにアッシュは大技を使うまでもなく適当に戦場をフラフラしているだけで充分効果のある文字通り一騎当千のユニットなのだ。

だからアッシュの常識では必殺技は人間に使用してはならないものなのだ。

だが一般基準の常識を持ち合わせていたアイリーンは頭を抱えた。

アッシュの必殺技農業はアイリーンの常識をズタズタにしてしまったのだ。

(まさか必殺技を農業に使うやつがいるとは……確かに人間を殺すのは間違っている。でも絶対になにかが間違っている!)

だがそんなことまでアッシュは気が回らない。容赦なく農作業を続行する。

「さて次は石灰を撒《ま》くぞ!」

石灰を撒くのは作物の老廃物で酸性に傾いた土の消毒と中和である。

「にいたんがんばるです!」

レベッカはお手々をきゅっと握る。

「おうがんばるぞー!」

「あいー」

レベッカの応援でアッシュに力がみなぎる。

「必殺……戦斗轟爆陣」

「また必殺技かーい！」

アイリーンのツッコミが響いた直後、なぜか戦場の爆撃音が鳴り響き石灰が撒かれる。なぜか爆発つきで。

爆破解体をしたのか、それとも畑を作っているのかすでにわからない状態だがとりあえず畑は完成したのだ。

こうしてあっと言う間にアッシュは農地を作ってしまったのだ。

額ににじんだ汗をふきながらアッシュはその怖い顔で笑う。

「さて石灰撒いたから数日間は眠らせる。おつかれー。レベッカお手伝いありがとねー」

「あーい」

レベッカはなにもしてないが大喜びで尻尾をふりふりしてアッシュに返事をする。

それを見たアッシュはレベッカをなでなでした。

「んー。にいたんにいたん。妖精さんにお願いしてもいいですか？」

アークデーモン《ようせいさん》の瑠衣さんである。

アッシュはよく考えずに許可を出してしまう。

「いいよー♪」

実はよくわかっていない。

「あーい。妖精さん妖精さん……」

レベッカが瑠衣を呼び出すと何も存在しない空間から虫の鳴き声のような不愉快な音を奏でながら突如目が現れる。

「な、なんだ！」

アイリーンとベル、それに護衛たちはその場でうずくまった。

それは本能的な恐怖。

狩るものと狩られるもの。彼らはその上下関係を嫌というほど知ったのだ。

「ぎゃあああああああああああああああああああああ！」

突如として目からまるでこの世の全てに絶望した女性が発するような金切り声が上がる。

そして悪魔が現れた。例えではなく本当に悪魔が出現したのだ。

「ごきげんよう皆様」

あくまで上品にその執事服を着た男装の麗人は佇《たたず》んでいた。

「な、な、な、何者だ……」

なんとか気を保ったアイリーンが尋ねる。

ちなみにアッシュは平然としている。上位存在と対等なのだろう。

「私は瑠衣と申します。古き盟約に則《のっと》ったレベッカ様の下僕にしてアークデーモン《ようせいさん》でございます」

明らかに嘘じゃねーか！

お前のような妖精がいてたまるか！

アイリーンは動けないほどの恐怖を味わいながらもツッコミを手放さなかった。

そんなアイリーンもだんだんと息が苦しくなっているのを感じていた。

このままでは死んでしまう。

するとアッシュが瑠衣に立ちはだかる。

「あのー瑠衣さん。みんな苦しそうですよ」

ほんわかとした一言だった。

アイリーンはもう知っていた。

アッシュは怖い顔をしているが中身は見た目ほど怖くはない。

ドラゴンを拾ってくるくらい優しいのだ。

瑠衣もそれはわかっているらしくアッシュの言葉にはっとしていた。

「あ、これは私としたことが失礼いたしました。人間の皆様に会うのは久しぶりだったのでつい張り切ってしまいました」

アッシュの一言でアイリーンたちを苦しめていたプレッシャーは一気に霧散した。

アイリーンとベルはゲフッと息を吹き返す。

ベルにはレベッカが「大丈夫?」と心配そうに寄り添っていた。

ベルは幸せそうな顔をして鼻血を出していた。

「それでレベッカ様いかがいたしましょうか?」

レベッカはぴょこぴょこと跳ね回る。

「うんとね。うんとね。果物欲しいの！　できたらアッシュにいたんがケーキ作ってくれるの！」

瑠衣はニッコリと微笑む。

「かしこまりました」

「ありがとうです♪」

感謝を述べながらレベッカは瑠衣に抱きつこうとする。

「なりません！」

瑠衣は珍しく焦った様子でレベッカをたしなめた。

「ひゃい！」

レベッカがビクッとする。

怒られたせいで尻尾がくるんと丸まる。

それを見て瑠衣は悲しそうな顔をすると優しく言い直す。

「なりませんレベッカ様。もう一度一緒に確認しましょう。ドラゴンは幸せを糧に生きてます。でしたらアークデーモ、妖精は？」

もうすでに悪魔だというのはほぼ全員がわかっている。

それでも瑠衣は妖精と言い張った。

「不幸を食べて生きてます」

さりげなく妖精って言い直したぞ。

いやアンタは妖精じゃねえだろ。明らかに悪魔。しかも上位のアークデーモンだよね。

なにいい話風にまとめてるの。

アイリーンは心の中で強くツッコんだ。

「ではアークデーモンげふん、妖精を触ってしまったらどうなりますか？」

「幸せが吸い取られます」

レベッカは教師に叱られた児童のようにうなだれる。

その間もアイリーンのツッコミは止まらない。

（今アークデーモンって自分から言ったよね！　言ったよね！）

「レベッカ様はまだ小さいのでもしかすると死んでしまうかもしれません。わかりますね」

「あい」

するとアッシュが瑠衣の代わりにレベッカの頭をなでる。

それを見た瑠衣がくすりと笑う。

「これが貴女がレベッカと暮らせない理由ですね」

そう言うアッシュに瑠衣は悲しそうな顔をしている。

どうやらこの瑠衣は子どもが好きなようだ。

「大きな理由の一つにございます。どうかレベッカ様をよろしくお願いいたします」

「わかりました。まかせてください」

アッシュがそう言うと瑠衣はふうっと安心したような表情になった。

「それでは朝までにレベッカ様の願いを叶《かな》えましょう。ごきげんよう。美しいアッシュ様」

「美しい……だと!?」

その場にいたアッシュ以外の人類の心が一つになった。

瑠衣が「それがなにか？」という顔をする。

「いやアッシュの顔は『怖い』であって美しいとは表現しないだろ」

アイリーンがひどいことを言った。悪気は全くない。

「にいたんはかっこいいですよ」

レベッカは反論する。だがはたしてドラゴンに人間の美醜がわかるのだろうか？

その言葉にはまったく説得力というものがなかった。

「レベッカたんがそう言うなら私もかっこいいと思います！」

レベッカを抱っこしていたベルが目を輝かせる。

「ベル黙ってろ」

クスクスと瑠衣が笑う。

「アークデーモン、ごふん。妖精においては一睨《ひとにら》みで人を殺すだけの恐怖を与えられるのが美形の条件なんですよ」

どうやらアッシュはアークデーモン基準では絶世の美男子のようだ。

「それでは失礼いたします。アッシュ様木苺のパイ美味しゅうございました」

そう言うと瑠衣はアッシュに最初に出会ったときのようにすうっと消えてしまった。

「相変わらず神出鬼没な人だなあ」

アッシュからすれば妖精さんも普通の存在である。

アッシュに対してアイリーンは難しい顔をしてつぶやく。

「一つわかったことがあるぞ。瑠衣殿は甘党だ」

アイリーンがそう言うとアッシュはとても満足げな顔をした。「ふふん♪」という顔をしていた。

それはそれはいい顔をしていた。

なぜなら今までアッシュの手料理を喜んでくれる人などいなかったのだ。

それが今はみんな喜んでくれる。

それがアッシュにはとてもうれしかったのだ。

アッシュはお得意様を手に入れた。

おとぎ話と現実。そしてほんのりダーク展開。

理想。

クルーガー帝国に伝わるおとぎ話。
昔々邪悪なドラゴンがいました。
邪悪なドラゴンは村の人たちに生け贄を出せと言いました。
そこで村長は娘をドラゴンに差し出すことにしました。
そこを通りかかったクルーガーはドラゴンを退治しにドラゴンの住む山へ行きました。
「邪悪なドラゴンよ。我が退治してくれる」
そう言うとクルーガーはドラゴンに飛びかかり剣を突き刺しました。
ドラゴンは消えてなくなりました。
クルーガーは村長の娘と結婚しこの地に国を作りました。
めでたしめでたし。

現実。

ドラゴンに伝わる伝承。

昔々、さみしがり屋のドラゴンがいました。

ドラゴンは村人にかまってもらう代わりに魔法でみんなを幸せにしていました。

でも人間は愚かなもの。

村人はいつしか自分たちが優秀だから幸せなのだと思うようになりました。

そして世話をしなければならないドラゴンを邪魔に思うようになったのです。

村人たちは言いました。

「あのドラゴンがいるから我々は不幸なのだ」と。

ある日、村人たちはとうとうドラゴンを村から追い出してしまいました。

かまってくれる人がいなくなったドラゴンは嘆き悲しみました。

そしてとうとう幸せを使い尽くして消えてしまいました。

それを知って怒ったクルーガーは軍隊を差し向けて村人全員の首をはねてから村を焼きました。

そして焼け跡にドラゴンの墓を建て鎮魂のためにこの地に国を作りました。

「壮絶だな……」

アイリーンがつぶやいた。その顔はどこまでも蒼白だった。

室内には全員がそろっていてレベッカの話に耳を傾けていた。

全員にアッシュ手作りの木苺のパイが支給されている。

甘党の瑠衣が勝手に食べた分の残りである。

瑠衣の存在を知った天然ボケ属性を持つアッシュ以外の全員がレベッカに事情を聞いていたのだ。

「許せません！　こんなかわいいドラゴンちゃんを！」

レベッカを膝に乗せたベルは怒っている。

二名の騎士たちはすでに考えるのをやめていた。

ベルはギリギリと歯ぎしりをしている。

「ニンゲンユルスマジ」

「魔王かお前は」

レベッカはキリッと一生懸命な顔をして説明を続ける。

「それでね、王様はドラゴンたちと約束したの。ドラゴンライダーさんがドラゴンを守ってくれるの」

レベッカは腕をピコピコと動かす。

「ベル。ドラゴンライダーというのは実在するのか？」

アイリーンがベルにたずねる。

なんだかんだと言ってアイリーンはお嬢様育ちだ。

もしかすると広く世間にはドラゴンライダーの子孫がたくさんいるのかもしれない。

「いいえ。実際に存在するとは聞いたことがありません」

わからないことが出ると途端に空気が悪くなる。なぜならアイリーンが黙って考えはじめるからだ。

レベッカだけはベルになで回され続け「きゃっきゃっ」とご機嫌である。

ここは一番身分が高いものとして場を和ませねばならない。アイリーンは思った。

「もしかすると……アッシュ殿がドラゴンライダーとか！」

ベルや騎士たち、それにアッシュの視線がアイリーンに集まった。

アイリーンの額に冷たい汗がにじむ。

どうやら滑ったらしい。

ところがベルは真剣な顔で答えた。

「確かにアッシュ殿は人間というには過剰な力をお持ちです」

「ふむ」

「伝承ではドラゴンライダーは無比無敵の力を持ちながらその知識はまさに博雅、その顔は眉目秀麗、その心は高潔にして鉄の如しとされています。ですがアッシュ殿は……」

そのとき全員が花柄のエプロンをつけてお菓子を作るアッシュを思い浮かべた。

「だよなー。あはははははは」

アイリーンはごまかすのに必死である。

「ですよねー。あはははははは」

笑い終わるとベルとアイリーンは無言で見つめ合う。

アッシュは「ちょっと甘すぎたかなあ」と全然関係ないことを考えていた。

すると目を大きく開いたアイリーンが口を開いた。

「ベルはアッシュ殿を無敵のドラゴンライダーだと思うか？」

ベルも大きく目を開いて答える。

「少なくともアークデーモン《ようせいさん》に会って平然としているのは人間の範疇《はんちゅう》からははみ出しているかと」

結婚しようと言った相手にひどい言いぐさである。

「だろうな。だが上を説得するだけの材料はまだない。アッシュ殿の出自は優先度が低いからいいだろう。それで、だ。正直に答えて欲しい。アークデーモン《ようせいさん》の危険度はどのくらいだ？」

アイリーンの質問にベルはレベッカを膝に乗せ、なで回したまま真面目な顔で言う。

「火を噴くだの溶岩を作っただのと伝承ではいろいろ言われてますが、明確に記録にあるのは五十年ほど前にアークデーモンに襲撃され消滅した南のタルカン王国の話です。タルカン王国は一夜にして住民全員が灰になって滅んだそうです。はっきり言いましょう。アークデーモンは国が滅ぶレベルの災害です」

ベルは尻尾をふりふりするレベッカをさらになで回す。

「そうであろうな。ではドラゴンはどうだ？」

アイリーンはベルに絶対にツッコミを入れないと誓った。

絶対にだ！

「公式文書にはドラゴンによる襲撃報告はありません。でもドラゴンの幸せを糧として生きるという生態を考えるとドラゴンが死ぬと国が滅ぶのではないかと推測されます」

「なぜだ？」

最強のモンスターであるドラゴンが死ぬと、国まで滅びるというのは理屈に合わない。

「それは先ほどのドラゴンの伝承を考えるとクルーガー帝が来る前に村は滅んでいたのではないでしょうか？」

「一夜にして灰になって？」

現実の方の昔話である。

「断言する証拠はありませんが。瑠衣さんは自分から人に襲いかかるようなタイプではなかったと思います」

そう言いながらもベルはレベッカをなで続ける。

「そうだな。それでもアークデーモンは国を滅ぼせる存在には変わりない」

「そうですね」

ベルはアイリーンにそう答えるとレベッカの後頭部にキスをする。

「もーちゅーしちゃいます。レベッカちゃん。お姉ちゃんのことをママって呼んでいいのよー」

もうめろめろである。

「やー。ベルお姉ちゃんはお姉ちゃんです」

レベッカははっきりと言う。それでもベルはめげない。

「うん、もう！　でも大好き！」

お姉ちゃんがうれしかったのか、ベルはひしっとレベッカに抱きつく。ぬいぐるみ扱いである。

それを横目で見ながらアイリーンはため息をついた。

（なぜ、自分の身にこんな厄介ごとが降りかかるのだ。どれもこれも国が滅ぶ事態じゃないか……）

落ち込むアイリーンにそっとお茶が差し出される。野太い手だ。

「あ、すまない。ってアッシュ殿！」

「いや疲れていたようだから」

この短期間でお茶の用意をする。

さすがアッシュはオカン属性持ちである。

「あ、ああ。すまない」

（なんだいいヤツじゃないか。顔だってなれれば味のある顔だし）

「にいたん！」

ベルの膝の上に飽きたレベッカががばっとアッシュに抱きつく。

「ほいほい」

アッシュは優しくレベッカを抱っこする。

（子どもにも優しいし）

「悩んでいるときは甘いものを取った方がいい。お茶うけ何か作ってきましょう」

「あ、ああ。すまない」

（なかなか気が利くし。料理は得意だし）

そんなことを考えていたせいかアイリーンは完全に気が抜けていた。

その時だった。

「もう一人分頂けますか？」

それはアイリーンの頭痛の種だった。

アークデーモン《ようせいさん》の瑠衣である。

瑠衣はニコニコと感じのいい上品な笑みを浮かべている。

どうにも動作が雑なアイリーンではできない仕草だ。

「瑠衣さん。お菓子いりますか？」

「はい。アッシュ様のお菓子は美味しゅうございます」

瑠衣はひときわにっこりと笑う。

「おっしゃー！　作るぞー！　レベッカ。レベッカの分も作るからお手伝いできるかな？」

「やるー♪」

レベッカは尻尾をブンブンと振った。

「あ、そうそうアッシュ様」

「瑠衣さんなんですか？」

「賊を見つけたので片付けておきました」

瑠衣はにっこりと笑った。

「おい、賊ってのはなんだ？」

アッシュの代わりにアイリーンが尋ねる。

アッシュの後ろに隠れながら。

「初代皇帝クルーガーとの盟約により我々デーモンは凶悪な犯罪者を狩る権利を頂いております」

「捕まえてどうするのだ？」

アイリーンはまだアッシュの後ろにいる。

「私どもは人間の不幸を魔力に変換して存在を保っております。それ以上お聞きしたいですか？」

にっこり。

「い、いえ、いらない」

アッシュを盾にしてアイリーンは小さくふるふると顔を振った。

だって瑠衣の目が笑ってないのだ。

その様は巨人に抱きつくリスのようだった。

瑠衣さんと哀れな傭兵さん

人知れずクリスタルレイクに危機が迫っていた。

赤く塗られた斧《おの》が描かれた旗を掲げる騎馬が森を疾走していた。

彼らは『紅い斧』。ノーマン共和国軍に雇われた傭兵である。

彼らの使命は戦乱で治安維持が困難なクルーガー帝国国境地帯での破壊工作。

村を襲い略奪を繰り返す。そしてこの地域の経済を崩壊させ反撃する地力を奪う。それが目的である。

前日も面白半分に村を焼き、住民をさんざんおもちゃにしてから皆殺しにしたところだ。

彼らはその魔の手をクリスタルレイクへと伸ばしたのである。

彼らはたぎっていた。

ただ欲望のままに奪い、焼き、殺す。

まさに好き放題の無法を繰り返していた。

こんなに楽しいことが他にあるだろうか。

そうまで思っていたほどだ。

血に酔った彼らは途中にある集落も根絶やしにしていく。

「ぐはははは！　ノーマン様々だぜ！」

筋肉質の男が豪快に笑った。

男の殺戮を駆け抜けたその鎧は血に染まっている。

すぐ後ろを走っていた背の低い醜男《ぶおとこ》が尻馬に乗る。

「げへへへへ。いっそ国でも作っちまいますか。お頭」

「ぐはははは！　そいつはいい」

頭と言われた男が上機嫌に返す。

すると手下の傭兵たちも一斉に笑った。

男たちは知らなかった。

クリスタルレイクにはアッシュがいることを。

クリスタルレイクになんか攻め込んだらアッシュに皆殺しにされるのがオチであることを。

この時点ですでに彼らは詰んでいたのだ。

だが彼らはそれではすまなかった。

よほど悪いことを繰り返してきたのだろう。彼らは運がどこまでも悪かったのだ。

クリスタルレイクにはもっと厄介な悪魔がいた。

男たちの馬が街道を駆け抜けクリスタルレイク近くまでやって来る。

作戦はいつも通りだった。

馬で村に入るや否や火炎壺を投げ放火。
慌てて消火をしようと駆け寄る村人を弓矢で片付けあとは村を蹂躙《じゅうりん》するのだ。
頭は有頂天になって馬を走らせる。
傭兵たちは幸せだった。
だがその幸せは唐突に終わる。
突如として馬が跳ねまわった。
「ぐううううッ！」
馬は狂ったように何度も跳ねる。
頭は手綱にしがみつきなんとか振り落とされずにすむ。
だがそれも無駄な努力だった。
「ひいいいいいいんッ！」
さんざん暴れた馬が崩れ落ちる。
そしてすぐに動かなくなった。
馬は死んでいた。恐怖をその顔に貼り付けた姿で。
頭は死んだ馬の巨体に潰されていた。身動きが取れない。
「ぐうッ！　誰か、助けろ……」
頭は助けを呼んだ。
誰か、誰か、この重い馬をどけてくれ。

そのとき薄れそうな頭の意識に声が響く。

「あらあら。お馬さんまで巻き込んでしまいましたね。かわいそうに」

それは女性の声だった。

貴族の子女のような上品な印象の声だった。

「だ、誰だ」

精一杯の声を振り絞って頭は怒鳴った。

相手が女だと思って侮っていたのかもしれない。

「これは失礼しました。私は瑠衣と言います」

何者かが上から頭の顔をのぞき込んだ。

それは執事の服を着た、やたら顔のきれいな女だった。

だがその瞬間、心臓を握りつぶされたかのような不安と恐怖に頭の胸は潰される。

動悸がし呼吸も浅くなる。

まるで捕食者ににらまれたかのように。

「お、お前はなんだ？」

頭は恐怖で震えた。

「アークデーモンの瑠衣と申します」

瑠衣はいつもとは違いきちんと自己紹介をした。

「あ、あ、あ、悪魔なのか!?」

「はい。悪魔です」

瑠衣はあくまでニコニコとエレガントに答えた。

頭の目が濁る。よからぬことを思いついたのだ。

男は瑠衣に訴えかける。

「よ、よう、あ、アンタが悪魔だったら魂と引き替えに俺を助けてくれねえか？　お前ら悪党の魂を集めているんだろ？」

頭はありったけの勇気を振り絞ってニヤニヤとする。

どうやら自分が助かる光明を瑠衣に見いだしたのだろう。

瑠衣はにこりと笑う。

頭の顔が期待に満ちあふれる。

だが彼は知らなかった。

なにも悪魔は悪党の魂を集めているわけではないのだ。

「お断り申し上げます」

それは死刑宣告だった。

瑠衣は邪気のない笑顔で頭を突き放したのだ。

魂などいらないのだから。

「な、な、な、なんでだ。俺は地獄にふさわしい悪党だろ」

「いいえ」

瑠衣はきっぱりと断る。

「何百人って殺した男だぞ」

男はなんの自慢にもならない非道な行いを瑠衣に披露した。

瑠衣はだからどうしたといった様子だ。興味がないのだ。

「貴方の魂は必要ございません。いえ我々は誰の命も欲しておりません。我々は人間の苦しむ感情、不幸を食べているのです。確かに殺戮者はデーモンになる資格を有します。ですが神族との戦争中でもございません。人材は間に合っております。残念ながら我々は小食ですが数が多いのです」

「お、おい、俺は使える男だ。人間を苦しませるのは得意だぜ。な？　助けてくれよ」

頭はあくまで命乞いをする。だがあいにく瑠衣は人を苦しませる才能などには興味はない。

そういう研究をしていた学者肌の人材はすでに悪魔の仲間になっているのだ。

「なりません。貴方はデーモンになるには単純に実力不足です。勇気を振り絞って私めに斬りかかるくらいの気概を見せるのが最低条件にございます」

瑠衣に斬りかかるというのは英雄の素質があるということだ。

それほどでないと必要ではないほど悪魔は人材が余っているのだ。

その点、動じなかったアッシュとツッコミで頭がいっぱいだったアイリーンは瑠衣の基準では合格である。

充分に英雄の素質を持っていると言えるだろう。

「そうかよ！　くそ、こんなところで死んでたまるか！　誰か俺を助け起こせ！」

頭は身をよじりながら怒鳴った。

だが誰も声を返さない。

次の瞬間、頭は状況を理解した。

倒れてピクリとも動かない手下たち。

すでに全ての仲間が気絶していたのだ。

頭の顔が真っ青を通り越して白くなる。

そんな頭へ瑠衣はニコニコしながら言った。

「ご安心ください。貴方様は死にません。私ども悪魔族は初代皇帝との約定により帝国内において貴方様のような外道を食料として狩る権利を頂いております。貴方様の身柄は地獄にて預からせて頂きます」

「しょ、食料だって！　俺を食うのか？　やめろ！　俺はそんなの嫌だ」

頭は必死になって暴れる。

醜態を晒《さら》す頭に瑠衣は優しく微笑む。

「まさか。我々は人間の肉を食べたりなんてしません。我々デーモンが糧とするのは人間の苦しみや憎しみ、絶望、つまり不幸にございます。殺してしまっては収穫量が少なくなってしまいます」

「こ、こ、こ、殺さないのか？」

「ええ、もちろん」

瑠衣の目が開く。

頭の脳裏に都合のいい希望が湧いた。

だがその途端、馬に潰されたままの頭の膝が震える。

それは瑠衣の目だった。

瑠衣の目は慈愛に満ちていた。

だが頭は気がついた。

瑠衣のその眼差《まなざ》しは人間が家畜に向けるような視線だったのだ。

頭は思った。

やばい。こいつはやばい。人間の常識が一切通用しねえ。

ダメだ。こんなのに関わったら死ぬだけじゃすまねえ。

「クソッ！　その目はやはり殺すんだな」

瑠衣はまたもや一切の感情の存在しない微笑みを浮かべた。

「いいえ。貴方様には暗くて小さな箱に入って頂きます。ご安心ください。死にはいたしません。生きてる限り永遠に閉じ込めるだけでございます。舌をかみ切ろうとも自分で首を絞めようとも我ら蜘蛛の得意な回復魔法で復元して差し上げます。どんなに泣き叫んでもあなたは死ぬまでこれから一人でいて頂きます」

かつて人間だった学者の研究成果だ。

人間をなるべく長く壊さずに不幸を抽出し続ける方法である。

冗談じゃない。

頭は焦った。
箱に閉じ込められるってそんなのは嫌だ。
しかもそんな状態でも殺してくれないなんて。
「ひいいぃッ！　やめて……やめてくれ。そんなひどいじゃないか！」
瑠衣の眼差し。
それは家畜を見る人間のような目だと思っていた。
だがそれも違ったのだ。
瑠衣のそれはもっと達観したものだったのだ。
悪魔は人間の苦しみを頂く。
だからこそ悪魔は人間が好きだし真の意味で人間の幸せを願っている。
彼らの命は人間の犠牲の上に成り立っているのだから。
「嗚呼《ああ》、貴方様を尊敬いたします。私どもの糧としてその身を捧げて頂くのですから」
そう言うと瑠衣はぱんっと手を打った。
すると大きな節くれ立った足を持った生き物。
あえて言えば蜘蛛のようなものが何もない空間からわらわらとわき出てくる。
そのうちの一匹がノイズ混じりのしわがれた声で瑠衣に話しかける。
「る、る、る、る、瑠衣様。そ、そ、そ、そ、それが餌か？」
瑠衣は蜘蛛にごく自然な様子で指示を出す。

「はい。運んで頂けますか？　くれぐれも傷つけてはなりませんよ。食料は皆で分けねばなりません」

「ぎ、ぎ、ぎ、ぎ、御意」

そう答えると蜘蛛は頭の手をつかんだ。

頭は泣き叫んだ。

こんな理不尽な目に遭うなんて思っていなかった。

死刑なんてものじゃない。

もっとひどい最後なのだ。

蜘蛛が馬の死骸をどかし、糸を吐いて頭をグルグル巻きにする。

そして器用に頭を抱えて歩き出す。

「やめて、お願いだ！　反省するから！　ねえ、助けてくれよ。おねがいだからああああああああッ！」

泣き叫ぶ頭を抱えた蜘蛛がすうっと姿を消す。

瑠衣は今度は別の蜘蛛たちへ指示を出す。

「皆さんはそこに倒れている皆さんをよろしくお願いします」

ガチャガチャという不愉快な音を奏でながら蜘蛛の大群は消えるようにどこかに行ってしまう。

それを瑠衣は頭を下げて見守った。

後に残ったのは瑠衣のオーラを浴びて心臓の止まった馬の死骸だけだった。

「犠牲になったお馬さんのことはアッシュ様に相談しないとなりませんね。無駄な殺生をしてしまいました。反省しませんと」

そう言うと瑠衣はふうっとため息をついた。

瑠衣は人や動物が死んだり傷ついたりするのが嫌いなのだ。

瑠衣は頭を切り換えるようにつぶやいた。

「今日のお菓子はなんでしょうか。甘いものだといいのですが」

悪魔にとってはお菓子は栄養にならない嗜好品だがそれでも瑠衣はアッシュの作るお菓子は心が満たされることに気づいていた。

瑠衣はくすりと笑うとすうっと姿を消した。

こうして『紅い斧』は突如として世界から消え去ったのだ。

悪魔には悪意はない。

天敵と捕食者。

そこにはただ自然の摂理があるだけだった。

果樹園と悪魔の注文書（お菓子）

アッシュたちは口を開けて呆《ほう》けていた。

盗賊という名の食料を確保した瑠衣の魔法は一晩にして果樹園を出現させたのだ。

木にはすでに食べてくれと言わんばかりに色とりどりの果実がなっていた。

「にいたん。果物さんとろー」

レベッカは大喜びで果樹園に走っていく。

「おーい転ぶなよ」

アッシュもベルもレベッカを追いかける。

ところがレベッカがこてっと転ぶ。

「うにゃあああああああああん！」

レベッカがバタバタともがいた。

コケた人間の幼児と同じ反応である。

その癒やされる有様にアッシュはクスッと笑う。

「もうしょうがないなあ」

ほんわかした表情のアッシュが抱き上げようと近づく。

すると今まで見ていたアイリーンがアッシュを制する。

「ダメだ。アッシュ殿」

「え？」

アッシュがポカーンとしているとアイリーンがレベッカに近づきその場にしゃがみ込んだ。

「レベッカ。一人で起き上がりなさい」

レベッカは涙をにじませながら一瞬アイリーンの顔を見る。

そしてこくんと頷《うなず》くとよたよたと起き上がる。

それを見たアイリーンはレベッカの頭をなでる。

「よしよしいい子だな」

「がんばりましたー」

痛かっただろうにレベッカはがんばって我慢する。

アイリーンはレベッカをさらにほめる。

「うん偉い偉い」

「お姉ちゃんありがとうです」

得意げな顔のレベッカはぶんぶんと尻尾を振る。

アイリーンは立ち上がって今度は厳しい顔をしながらアッシュの胸を指でつつく。

「アッシュ殿。甘やかしてばかりだと何もできない大人になってしまうぞ。ドラゴンは人間より長命なんだ。私たちがいなくなったらレベッカが困るぞ」

「うっ……」

どうやらアッシュは図星を指されて黙る。

どうやらアイリーンはなんでも自分でできるタイプのようだ。

それを見たベルがつぶやく。

「まるでアイリーン様が父親のようです……」

「私が父親ならアッシュ殿が母親でベルが知らないオバサンだな」

アイリーンも負けじと反撃する。

落ち着いた顔こそ大人びているが、まだベルはギリギリ少女といってもいい年齢である。

オバサン呼ばわりはさすがにヘコむ。

「ううっ……アイリーン様ひどいです」

アッシュたちに言いたい放題言うとアイリーンは仕返しをしたとばかりにふふんと笑った。

(まったく……本当に家族のようだな……)

『家族』という単語が琴線に触れたのかアイリーンは昔を思い出した。

それはアイリーンがまだベイトマン家のその他大勢のように、何もできなかった頃。

クリスタルレイクに避暑にやって来たときの思い出。

アイリーンは果樹園が大好きだった。

アイリーンが一人で果樹園に来ると一人の男の子がいたからだ。

麦わら帽子を被った年上の男の子だった。背が高くてぶっきらぼうで日に焼けた顔で乳歯の抜けたすきっ歯を見せて笑う男の子だった。

彼はまるで兄のようにアイリーンの世話をしてくれた。

アイリーンは彼に会うのが楽しみでしかたなかったのだ。

いつもアイリーンは彼の背中にくっついていた。

彼は奉仕活動で果樹園の手伝いをしている子だった。

奉仕活動が孤児院の子に課せられた強制労働だと知ったのは戦争が始まった頃だろうか。

彼は孤児院の子どもだった。

でも男の子は優しい男の子だった。

アイリーンが同じように転んだときに近寄ってきて自分で起き上がるまで待っててくれたのだ。

アイリーンは貴族だ。着替えだって自分でできないのが普通だ。

でもアイリーンは男の子のおかげでそれじゃダメだと覚ったのだ。

アイリーンを作ったのはその男の子と言えるかもしれない。

できればもう一度会ってみたいものだ。

アイリーンはそう思うとアッシュやベルに向かって言った。

「とにかくだ。レベッカにはなんでもできる子になってもらうぞ」

「あの……アイリーン様。ずっとここにいるつもりですか?」

ベルにそう言われてアイリーンはガンと頭を殴られたような気分になった。

ベルの言うことは図星だった。

まさにアイリーンの本音を突いていた。

「あ、あう、それは……だな」

アイリーンはようやく自覚した。

アイリーンはここにいたかったのだ。

居心地が良かったのだ。

気に入っていたのだ。レベッカがいてアッシュがいてベルがいて瑠衣がいる生活が。

この生活をずっと続けたかったのだ。

「戦争さえ終わればここにいるのも悪くないなあと……なあアッシュ殿？」

「大歓迎です」

アッシュもまた同じだった。

極端に友人が少ない……いや顔のせいか友人と呼べるだけの人間関係を他人と結んだことのないアッシュには彼女たちは数少ない友人だったのだ。

アイリーンは素直に好意を向けられると恥ずかしくなって顔を赤らめた。

アイリーンもまた友人に飢えていたのだ。

「ヒューヒュー」

ベルがからかうとアイリーンは手を振りかざしてベルを追いかけながらポコポコと叩く。

それをベルはヒラヒラと舞うように器用に走りながら逃げる。

「やめろー！」

「へっへーん。捕まりませんよーだ」

「なにをー！」

アッシュは微笑ましいなあとニコニコする。

「にいたんにいたん。二人は仲良しさんですね」

「そうだねー。おーい二人とも果物取るぞー！」

「おお、アッシュ殿今行く」

果樹園に着いたアッシュは目を見張った。

プラムと柑橘《かんきつ》類が同時期になっている。

完全に季節を無視している。

やはり瑠衣は本気のようだ。

肩車されたレベッカは無邪気にピコピコと尻尾を振りながら喜んでいた。

「わー。果物がたくさん！」

レベッカが目を輝かせる。

アッシュも心の底から驚いたといった声を出した。

「冬の果物と夏の果物が同時になっているってのはすごいもんだな」

「にいたん。にいたん。取っていいですか？」

そう言いながらレベッカが一生懸命手をのばしていた。

もぐのは決定事項らしい。

「いいよー」

アッシュはクスクスと笑いながら葡萄の近くに寄る。

「あーい♪」

なんとか葡萄をつかんだレベッカはたわわに実った実をもいだ。

そのずしっとした手応《てごた》えにレベッカは大喜びする。

「大きいー！」

「食べてみるか？」

アッシュはもう笑いが止まらない。

ぜひレベッカに葡萄を食べて欲しい。

だがレベッカはキョトンとしていた。

「いいの？」

「いいよー」

でもレベッカは葡萄に口をつけずに真剣な顔をして考えていた。

「どうした」

「うーんとね。にいたん。みんなで食べた方が美味しいような気がします」

アッシュは思わず「くくく」と笑いが漏れてしまう。

なにせそう言うレベッカは真剣な顔をしながら視線は葡萄に釘付けだったのだ。

だからアッシュはレベッカに逃げ道を用意してやる。

「そうだな。それじゃ一粒だけ味見してみな」

「あい♪」

レベッカは葡萄を一粒だけむしるとアッシュに残りを渡す。

アッシュはレベッカから受け取った葡萄をカゴに入れた。

レベッカは真剣な顔で葡萄の皮を剝く。

ジューシーな果肉が現れるとレベッカの顔が途端にニコッとした。

レベッカは葡萄を口に入れる。するとその表情が至福に変わる。

「わー美味しい！」

「良かったな」

「あい」

アッシュは温かい気持ちになって葡萄に目を向けた。

すると何か札のようなものが下がっている。

「なんだろうこれ？」

アッシュが札を手に取るとそこには『葡萄のブラン・マンジェ』と書かれていた。

アッシュは「ん？」と考えた。

「にいたんにいたん」

「なあにレベッカ？」

梨さんのところにこれがありました。

アッシュはレベッカに渡された札を見る。

『梨のコンポート』

だんだんとアッシュはそれが何を指しているかわかってきた。

「おーいアッシュ殿。そこのオレンジの木にこんなのがあったぞ」

アイリーンが札を持ってくる。

『オレンジケーキ。それとマーマレードも（重要）』

やはり札には料理の名前が書いてある。

というかマーマレードも欲しいらしい。

これは注文書に違いない。

アッシュは確信した。

全て瑠衣の好きなものに違いない。

だとしたら瑠衣は相当な甘党である。

「アッシュ殿。こんなものがありました」

今度はベルだ。

「なんの木ですか？」

「えっとイチジクです」

「タルトですか？」

「あ、はい。なぜおわかりに？」

それはアッシュの料理人としての勘だった。

アッシュは笑った。

アッシュは作る手間よりも気に入ってもらえたことが心底うれしかった。

だって悪魔がアッシュのお菓子を欲しているのだ。

アッシュはつい数日前まで自分自身が戦争以外でこんなに必要とされてるなんて思いもしなかったのだ。

それが今では自分を必要としてくれる友人に囲まれているのだった。

アッシュはがぜんやる気を出した。

レベッカに向かってにっこりと微笑む。

「レベッカ。ブラン・マンジェを作るぞ」

「それはなんですか！」

レベッカは期待に満ちた顔をして尻尾をブンブンと振った。

「あまーい牛乳豆腐だ。そこに葡萄を入れるんだ。美味しいぞー。瑠衣さんが大好きなんだって」

レベッカは目をキラキラさせる。

「にいたんの作ってくれるお菓子大好きー！」

「レベッカはお手伝いできるかな？」

「できるー」

子ドラゴンのお手伝い。

それこそ万魔をお菓子で従わせた最強の魔人とその従者たちの伝説のはじまりなのだが、まだ彼らはそれを知らなかった。

いや早くもお菓子の魅力に陥落した瑠衣だけは知っていたのかもしれない。

深夜のケーキ屋さん

それは深夜のことだった。

騎士たちは与えられた部屋で休んでいた。

規則上は交替で夜通しアイリーンを守らなければならないのだが、クリスタルレイクにノーマン軍がいるという情報もなければ村に危険があるような気もしない。

それに宿泊しているのは傭兵アッシュの屋敷である。さらにドラゴンとアークデーモンまでいるのだ。

彼らが守る必要が全くないのだ。それに万が一アッシュが敵に回ったとしたら人間である騎士になすすべはない。

彼らにできることはないのだ。

そのため騎士たちは開き直って夜は休むことにしたのだ。

もちろんアイリーン公認の行動である。

だが彼らは失念していた。

この屋敷も家主も住んでいる連中も普通ではないことを。

アッシュのお腹の上で寝ていたレベッカが目をぱちりと開けた。

尻尾をブンブンと振る。

「誰か来ました！」

深夜である。

人間だとしたら明らかに不審者である。

だが人間が大好きなレベッカは警戒心に欠けていたし、常識もまだよくわかっていなかった。

レベッカはアッシュのお腹からそっと降りるとベッドから飛び降りた。

普段ならアッシュは異変を感じて飛び起きるはず。

だが果樹園で手に入れたフルーツで倒れるまで全力でケーキを作ったためか、満足げな表情で泥のように眠っていた。

ピクリともしない。

レベッカはそのまま玄関へ向かう。

だが途中でレベッカはピタッと立ち止まった。

アイリーンに言われていたことを思い出したのだ。

「家に誰かが来てもドアを開けちゃダメ。まず誰かに知らせなさい」

レベッカは言われたとおり誰かを探すことに決めた。

すると廊下の奥でモップ掛けをする幽霊を見つける。

レベッカは目をキラキラさせて幽霊に近づく。

「幽霊さん。幽霊さん。誰か来ましたよ♪」

これに焦ったのが幽霊である。

暇つぶしにモップ掛けをしていたらあの怖い男と一緒にいたドラゴンに見つかってしまったのだ。

それも姿が見えないようにしていたのにもかかわらずだ。

幽霊は顔を引きつらせながら聞いた。

「み、見えるの？」

「あい！」

レベッカは元気よく答える。

「あ、あら、そう。それでなんだっけ？」

「誰か来ました。アイリーンお姉ちゃんが人が来たら誰かに知らせなさいって言ってました」

レベッカはふふんっと得意げな様子だった。

一方、幽霊の方は困った。

確かにこの幽霊は元メイドだが、幽霊に接客をしろというのは不可能な話である。

かと言ってこのドラゴンを泣かせでもしたら今度こそアッシュに消滅させられかねない。

ヘマをするわけにはいかないのだ。

「えっと……お姉ちゃん幽霊だから別の誰かに頼んで……」

ドラゴンの尻尾の揺れがピタリと止まる。

明らかにテンションが下がっている。

まずい！

幽霊は焦る。

「え……っと、お姉ちゃんと誰か起こしに行こうっか」

幽霊はレベッカに手を差し出す。

手を繋《つな》ごうという意味である。

「あい！」

レベッカは差し出された手を握る。

機嫌が良くなったのか尻尾がピコピコと揺れていた。

そのとき幽霊は必死に考えていた。

アッシュを起こして攻撃されるのは避けたい。

かといってとてつもない魔力を持つ存在がいたので逃げ回っていたのだ。

女性と男性がいるというくらいしか把握してない。

幽霊はとりあえず女性陣は危険性が高いと判断し、比較的危険性が低いと思われる騎士二人、アイザックとカルロスのコンビを起こすことに決めた。

「じゃあ一緒にお兄さんたちのところに行こうね」

「あい」

こうしてドラゴンと幽霊は手を繋いで騎士の泊まってる部屋に向かった。

騎士の部屋に入るとレベッカが手を離して寝ている騎士たちに突撃する。

「起きてくださーい！　お客さんですよー！」

ぽんぽんとレベッカが寝息を立てる小さい方の騎士、カルロスを揺する。

騎士は夜中に敵襲があってもすぐに起きて任務に就けるように訓練されている。

ゆえに寝起きがいい。

レベッカに揺すられたカルロスはぱちっと目を開けた。

そしてカルロスが見たものは……半透明に透ける幽霊だった。

「んぎゃあああああああああああああ！」

これは卑怯である。

いくら騎士といえどもアンデッド狩りをしていたアッシュとは違い怪奇現象になれているはずがない。

しかも寝起きである。

さらに言えばアークデーモンに脅されたばかりである。

寝起きに幽霊を見てしまったのだ。これは焦る。

「ゆ、ゆ、ゆ、幽霊！」

カルロスが腰を抜かした。

するともう一人があくびをしながら起き上がる。

「なんだよカルロス。うるせえな……」

「アイザック！　ゆ、ゆ、ゆ、ゆ、幽霊……」

「ああ？　……まったく。……えっ？」

アイザックが固まる。

カルロスとは違いこちらはさすがに声をあげなかった。

「あのね。あのね。お客さん来てますよー」

空気を読まないレベッカは尻尾を振りながら大騒ぎしてる。

「あ、ああ。あの幽霊さんかな？」

カルロスが聞き返した。

ガチガチ歯を鳴らし、手は震えている。

「違いますよー。幽霊さんはメイドさんですよ」

レベッカによる幽霊認定それがトドメだった。

カルロスの黒目がぐるんと上を向き、そしてそのまま失神した。

「か、カルロス死ぬなー！」

「死ぬなー♪」

意味がわかってないレベッカが真似をした。

さてこの収拾のつかない状況は数秒後に好転する。

「うるさいぞ。なんだお前ら」

「もー、なんですか！　これだから男の子は」

アイリーンとベルが怒りながらずかずかと部屋に入ってくる。

そしてアイリーン、ベルがメイドに遭遇する。

「んん？　メグか？」

アイリーンが額に皺《しわ》を寄せる。

「あらメグ……その姿」

ベルは驚いたように口に手を当てる。

「お、お、お、お嬢様ぁー！　お懐かしゅうございます」

幽霊が二人の手を握る。

「え、え、え、なんで？　どうしたそのなりは？」

「そうですよ！　なんでメグが幽霊になってるんですか？」

「街が襲撃されたときに逃げ遅れてしまいました。それで気づいたらこの姿になってしまいました。おそらく死んだのだと思うのですが記憶がありません」

メグが悲しそうに言うとアイリーンも表情を曇らせた。

「そうか……それは残念だ……」

「それで今までやってきた連中を脅かして追い出してきたんですけど、あの悪魔のような顔をした大男に消滅させられそうになりましてこうして逃げ隠れしていた次第でございます」

どう考えても『悪魔のような顔をした大男』とはアッシュだ。

「お、おう。あのなメグ。アッシュ殿はちゃんと話をすれば優しい御仁だ。私からもよく言っておくから安心しろ」

「アイリーン様ありがとうございます！」

ベルは「アイリーン様、ようございました」と涙を拭いている。

三人だけの世界を作る娘たちに今度はレベッカが近づいてアイリーンのすそを引っ張る。

「あのね、あのね。アイリーンお姉ちゃん」

「おお、どうしたレベッカ」

アイリーンはしゃがみ込んでレベッカと同じ視線にする。

「あのね。お客さんが来てるの。それで幽霊さんと騎士さんを起こしに来たの」

レベッカは「ちゃんとできたよ」という期待に満ちた顔をした。

「いい子だなあ。ちゃんとできたねー」

アイリーンはレベッカの頭をなでなでする。

「えへへへへ」

レベッカは尻尾をふりふりしている。

そのレベッカの愛らしい姿で場が和《なご》んだスキを見て、アイザックはカルロスを蹴飛ばして起こした。

「それじゃあ夜中の来訪者に会いにいくか。お前ら付いてこい」

アイリーンは騎士に指示を出す。

「はっ！」

カルロスも間に合った。

こうして一行は深夜の来訪者に会いに玄関へ行くことになったのだ。

玄関は静まりかえっていた。

気配はない。

「本当に誰か来たのか」

念のためアイリーンがレベッカに聞く。

「あい」

「じゃあアイザック。ドアを開けろ」

「はっ！　……って俺ですか！」

アイザックはさすがに抗議する。

「うむ」

「ひどいですよ。根に持ちますからね！」

アイザックは恐る恐る玄関ドアを開ける。

ドアを開けると確かに人影が見えた。

「何者だ？」

アイリーンが声をかけると人影が近づいてくる。

「ぎ、ぎぎぎぎ。ぎ、ぎぎぎぎ」

アイリーンたち、レベッカ以外は驚愕のあまり全員がその場で固まった。

それは人ではなかった。

それは人の形をした触手だった。

それは触手の真ん中に目がある恐怖を覚えるような生き物だった。

「ぎぎぎ、ぎ、ぎぎぎぎぎぎぎ」

その生き物は生き物には到底発せられないような無機質な音を鳴らした。

全員が一瞬、魂が抜けた。

ただ敵意はないようでアイリーンはなんとか正気を取り戻した。

これも瑠衣にさんざん脅かされたおかげである。

それと同時にレベッカが手を上げる。

「はーい♪　にいたんに聞いてきます」

「あのレベッカ、あれ……いや彼はなんと言っている？」

「あのね、あのね、ぶどうさんのケーキをくださいって」

それを聞いてアイリーンは固まった。

明らかに瑠衣の関係者である。

「……そうか。それで葡萄のどのケーキだ？」

アイリーンは頭を切り換えた。

もう怪奇現象というか、超常的生物には慣れっこになってしまったのだ。

「うーんとね！　おいしいの！」

レベッカは元気いっぱいに答える。

まずい。

アイリーンは思った。

アイリーンはレベッカが何を言ってるのか全くわからなかったのだ。

それこそ子どもの表現力の限界だったのだ。

アイリーンの目が泳ぐ。

まずい！　これはまずい！

アイリーンの首筋に冷たい汗が滝のように流れる。

その時だった。

「あの……恐れながらアイリーン様」

幽霊のメグである。

「メグ、なんだ？」

「お客様？　……は、瑠衣様？　の紹介だそうで葡萄のロールケーキを一つ譲って欲しいとおっしゃってます」

瑠衣が誰か知らないのかメグは自信がなさそうな声で言った。

「メグ、言ってることがわかるのか」

「はい……なんとなく。幽霊になって悪魔とかと同じような存在になったからでしょうか」

メグは不思議そうに言った。

「でかしたメグ！」

アイリーンはメグを褒めるとキッチンへ走る。

確か疲れて眠りこけるまで作り続けていたケーキがいくつもあるはずだ。

アイリーンがキッチンへ着くとアッシュの姿があった。

アッシュはエプロンをしてさらにケーキを作っていた。

「アッシュ殿……また作っていたのか」

びくッとアッシュが背中を振るわせた。

「み、見たな」

「まったくどれだけ料理が好きなんだ貴公は！」

アイリーンのツッコミが炸裂した。

「く、レベッカがどいてくれたからチャンスだと思ったのに……」

「まったく、貴公はしょうがないな！　それでだ。瑠衣殿の客人が来ている。なんでも葡萄のロールケーキを所望らしい」

アイリーンがプンスカと怒った。

本人たちには自覚はないがアッシュとアイリーンの距離はかなり近くなっていた。

「あ、誰か来たなあとは思ってたんだけど……今出しますね。はいはい……」

アッシュは箱に入ったケーキを取り出す。

「よし持っていくぞ！」

アイリーンとアッシュはケーキを持っていく。

「お待たせした。ロールケーキはこちらだ」

アイリーンがケーキを渡すと怪物はぺこりと頭を下げた。

頭かどうかはわからないがその場にいた全員がそう感じた。

「ギ、ギギギ、ギ」

「『代金はこれでお願いする』だそうです」

怪物は触手でつかんだ何かをアイリーンに渡す。

それは一本の剣だった。

アイリーンから見ても素晴らしい意匠の鞘《さや》に収まった逸品だった。

「あ、ああ承知した……」

明らかにケーキとは釣り合ってないがアイリーンは反射的にそう言ってしまった。

「ギイ」

「ごきげんよう」

メグが頭を下げた。

「ばいばーい」

レベッカは手を振る。

すると怪物は闇に溶けるかのようにすうっと姿を消してしまった。

「……もらってしまった」

アイリーンは財布を拾った子どものような情けない顔をした。

全員で食堂に行く。

「それでだ……この剣だが」

ベルが全員の前で剣を見せる。

「素晴らしい意匠ですね」

「問題はこんなものをもらってしまっていいのかということだ。おそらく金貨十枚に相当する物だろう。ケーキの代金としては高すぎる」

その時、アッシュが全員分のお茶を持ってくる。

そしてお盆をテーブルに置くと剣を抜く。

「少し重いな。ミスリル銀かな」

アッシュはさすがに仕事道具には詳しいのだ。

それを聞いたアイザックがお茶をこぼす。

「み、み、み、ミスリル銀!?」

アイリーンまでお茶をこぼす。

「なんだと。金貨十枚どころではない高級品ではないか！　これをもらったのはまずかったか……」

アイリーンが頭を抱える。

「いいえ。私どもには価値のない品ですから」

いつの間にか瑠衣がそこに現れていた。

しかも優雅に幽霊メイドのメグにお茶をいれてもらっていた。メグの青白い顔色がさらに悪くなっている。

「しばしば私どもを滅ぼそうとする人間が現れるのですが、迷惑なことにこういった武器を持ってくるのです。どんなに素晴らしい武器も当たらなければどうってことありませんのに」

ふうっと瑠衣がため息をつく。

足下にじゃれつくレベッカの頭をなでながらアッシュが質問する。

「それで戦いを挑んできた者はどうなった？」

「ほとんどは武器を没収して帰って頂いてます。危ないですからね。殺人犯などは例外として地獄にお連れいたしますが」

アッシュは椅子に座ると足下にじゃれついてきたレベッカを膝に乗せる。

「武器はどうするんだ？」

瑠衣はため息をつく。

「とりあえず危ないのでゴミ処理場に置いてます。それでも数千年分のゴミがたまってしまって近年では地獄でも処分場の敷地が問題になっているほどです」

「つまりこの武器は？」

アイリーンは渋い顔をしている。

超高級品の扱いに納得ができないのだ。

「我々悪魔にとっては処分に困ったゴミですね」

「なるほど……もったいない……」

どうやら悪魔としては率先して放出したいものらしい。

「もちろん悪意はございません。悪魔としてはゴミなのですが人間はこういうのを好むのは知られていますので」

「なるほどな」

改めて人間と悪魔の価値観の違いを聞いてアイリーンは苦笑した。

「ですので是非アッシュ様の美味しいケーキを我らにご提供ください。こちらはミスリルや魔法剣、魔法の道具でお支払いいたします。それとおまけもおつけ致します」

「おまけ？」

「ええ、おまけです」

瑠衣はウインクをした。

それに対して黙っていたアッシュは満足げな表情で親指を立てた。

そして次の日、アッシュたちは知ることになる。

それは騎士たちが朝のランニングに行った直後だった。

「アイリーン様、たいへんです！」

出ていったばかりの騎士たちが慌てて帰って来た。

「どうしたお前ら」

アイリーンが眉間に皺を寄せて尋ねると騎士コンビの一人アイザックが汗だらけの顔で言った。

「それが、隣の廃墟が復旧したんです！」

「なに？　どういうことだ？」

「だから廃墟だった隣に家が建ったんです」

アイリーンは頭が痛くなる。

頭痛が治まるとすぐにアイリーンは朝食を作っていたアッシュを引っ張って隣の家を見にいった。

アッシュに抱っこされたレベッカも一緒についてくる。

やはりそこには豪邸が建っていた。

『それとおまけもおつけ致します』

瑠衣の言葉をアイリーンは思い出していたのだ。

どう考えても悪魔の仕業である。

なにせ瑠衣は国を滅ぼすだけの力のある悪魔である。

アイリーンたちには瑠衣なら力はあっても国を滅ぼしたり人間を絶滅させたりしないことはわかっている。

だが権力の意志決定をしている大臣や王族にそれを納得させるのは困難だ。

遭遇したら最後、生きては戻れないと言われている悪魔族の真実など誰が信じようか？

アイリーンにできるのはなるべく事態を隠蔽しながら悪魔と円滑な関係を結ぶことくらいである。

「あーわかったよ！　やりゃいいんだろ。やれば！」

アイリーンは腹を据える。

開き直ったのだ。

「アッシュ殿。ケーキを増産してくれ。もうこうなったらヤケだ！　ケーキ屋を開店するぞ！」

「あ、いいけど」

思わずアッシュはいつもより実年齢に近い少年らしい声を出してしまった。

よく考えるとアイリーンが勝手に決めたことだが、アッシュも嫌ではないのでそのまま追認してしまったのである。

「にいたんすごいです。ケーキ屋さん♪　ケーキ屋さん♪　ケーキ屋さん♪」

レベッカはなんだかうれしくなって小躍りした。

「このケーキ屋の客は悪魔だ……」

アイリーンは自分で言っておいてある疑問にたどり着いた。

「本当に悪魔だけなのか……？」

この疑問は後に正しいことがわかる。

「まあいい。深夜帯はメグに店員をやってもらおう。アッシュ殿わかったな？」

「お、おう。わかりました」

こうしてクリスタルレイクにケーキショップが誕生した。

幽霊が店長をしている夜間営業は人外相手である。

ちなみに現在人口二十四人とドラゴン一匹のクリスタルレイクには、人間の数の数倍の怪物がすでに住み着いていることが後に発覚する。

ほぼ何もないという意味で風光明媚《ふうこうめいび》なクリスタルレイクは、悪魔の世界では紳士淑女の集う隠れ家的な知る人ぞ知る観光名所になっていたのだ。

ケーキ屋さん開店

スローライフ。

それに至る道は激しくそして険しい。

例えば生クリームをひたすら混ぜ混ぜ混ぜ。混ぜるべし。

アッシュはニコニコと、騎士団では交替で調理当番をさせられるため家事スキルがある騎士二人も死んだ目で、まだ手伝えるベルも必死な顔で手伝っている。

そして家事能力低めのお嬢様であるアイリーンとまだ家事スキルを会得してないレベッカはひたすら卵を割っていた。

アッシュは鼻歌を歌う。ひたすらご機嫌だった。

アッシュの記憶は傭兵ギルドに奴隷として売られたところから始まる。

調理の補助をする予定だったが、顔の怖さとガタイのよさのせいで約束は反故《ほご》にされ前線に送り込まれた。

適当に戦っていたところいつの間にか戦場の伝説となっていた。

奴隷として売られたときの借金こそ数年で返済したが活躍すれば活躍するほど料理人への道が遠

ざかっていく。

第二志望の農民でがんばって、いずれは小さな店を持とう。

そう思ってはいたが、まさか店を持つという夢がこんなに早く実現するとは思ってなかったのだ。

しかも開店に必要な諸経費はアイリーン《おえらいさん》持ちなのだ。

いきなりパトロンつきなのだ。

パトロンがついている店など帝都にもほとんど存在しない。

アッシュは感動に震える。

たとえ相手が悪魔でも自分は必要とされている。

それがたまらなくうれしかったのだ。

「にいたん。卵さん割り終わりました！」

レベッカが元気よく手を上げる。

「いい子いい子」

アッシュの代わりにアイリーンがレベッカの頭をなでる。

「えへへへへー」

アッシュはニコニコと笑うと二人に指示を出す。

「二人は休憩な。お茶とケーキはあるから休んでてくれ」

「ああわかった」

アイリーンはフラフラしながら返事をした。

単純労働がよほど疲れたらしい。

それに比べてレベッカは元気に返事をする。

「はーい」

レベッカの元気な様を見たアイリーンがシャキッとする。

レベッカに負けてられないのだ。

アイリーンは立場的にレベッカの世話くらいはできないとまずいのだ。

だからアイリーンはお姉さんぶる。

「ほーれレベッカ行くぞ。ケーキもあるぞ」

だが微妙に口調がお兄さんっぽい。

アイリーンは元気よく「はーい」と返事をするレベッカを抱っこした。

すっかりアイリーンもレベッカと仲良しだった。

アイリーンは自分が邪魔だという自覚があるのでレベッカのお守りに徹することにした。

ただアイリーンは思うのだ。

このままアッシュの手伝いをし続けたらどうなるのだろうか?

体重の増加は避けられないのではないだろうか?

太ってしまうのではないだろうか?

それを考えると少しだけ怖いのだ。

アイリーンは食堂の椅子に座り自分の膝に抱っこしていたレベッカを下ろす。

そしてレベッカにケーキを渡すとアイリーンは確実に待ち受ける未来をなるべく考えないようにしながらお茶を口に含んだ。

するとキッチンから声が聞こえてくる。

「うおおおおおおおおおおおおおッ！」

「アッシュ殿、シュークリーム焼き上がりました！」

ベルの声がする。

「冷めたのからカゴに入れてください！　瑠衣さんの情報では夜になったらお客さんが押し寄せます」

「はい！」

ベルが返事をしながらできあがったシュークリームを置く。

悪魔が入れ物を持ってくるとは限らないためカゴを用意した。

カゴは使ったら客が返却しに来る方式である。

「アッシュ殿、焼き菓子は全て作ってしまいますか？」

アイザックだ。

「日持ちするので全部焼いてください」

「アッシュ殿、生クリームが足りません！」

カルロスの声だ。

がんばって騎士になったというのにお菓子作りをするハメになっている。

「すぐに作ります！」

なかなかの修羅場である。

アイリーンはなんとなく悪いことをしている気分になった。

だから食堂からアッシュに声をかける。

「カゴに入れるのを手伝おうか？」

「いいから休んでてくれ」

その言葉がアイリーンの身を案じてではなく、邪魔しないでレベッカといい子にしててねという意味であることは明白である。

アイリーンは少し寂しかった。

しかたなくアイリーンは大人しくしていることにした。レベッカを抱っこしながら。

それにしてもドラゴンに悪魔と、クリスタルレイクに着いてわずか数日だというのに国の存亡にまで発展しかねない事件に巻き込まれ続けている。

ケーキ屋まで開いてしまいすっかりアッシュを戦場に復帰させるどころの騒ぎではなくなってしまった。

膝の上にいるレベッカはケーキを食べている。

レベッカがケーキを食べるのに集中している間、アイリーンは各方面に提出する報告書と実家への手紙の文面を考えていた。

どちらにせよレベッカのことは報告せねばならない。これは貴族としての義務だ。

レベッカも瑠衣も目立つ存在だ。アイリーンが報告しなくてもいつか誰かがするだろう。

その場合の報告内容はアイリーンにコントロールできないのだ。だからアイリーンが報告するしかない。

だが問題は内容だ。なるべくレベッカに迷惑がかからないようにしなければならない。

クリスタルレイクの守り神として書くか、それとも瑠衣というアークデーモンに守られた魔龍として書くか、それが問題だった。

前者なら「良いドラゴンだから傷つけないように」という文面を書き、後者なら「危険だから近づかないように」と書かなければならない。

とにかくレベッカを傷つけようとする人間を排除できるように報告せねばならない。

「うーん……どうすればいいのだ」

アイリーンは頭を悩ませる。

するとアイリーンたちのところに幽霊メイドのメグがやって来た。

なんだか忙しそうだ。

「お、お嬢様。店舗内装の確認をお願いします」

「お、おう。レベッカ行くぞ」

「あーい」

アイリーンは再びレベッカを抱っこしてメグについていく。

仕事を与えられるとアイリーンは悩んでいた報告書のことは一旦棚上げした。

店舗は道沿いの警備兵詰め所を改造して作った。

とは言ってもテーブルと椅子を持ち込んだだけである。

それをメグに伝えたところ「それではお客様に失礼です」とたしなめられてしまったのだ。

結局メグが内装を担当することになったのだ。幽霊なのに。

アイリーンたちがメグと一緒に店舗の中へ入ると殺風景だった部屋はカラフルでポップな店舗に様変わりしていた。

「おお！　メグすごいではないか！」

「かわいい～。メグお姉ちゃんすごいすごい」

アイリーンは素直に感心し、レベッカも大喜びの様子でぴょこぴょこと跳ねる。

「瑠衣様が仰るには男女の美的感覚以外は人間と差異はないそうです」

「なるほど。それなら失礼はないな。メグ、くれぐれも気をつけてくれ。瑠衣殿の話によると悪魔は礼儀にはおおらかだが怒らせたら国ごと滅ぼす力はあるとのことだ」

悪魔の接客ができるのは悪魔と意思疎通ができるメグだけだ。

ここはメグにがんばってもらうほかない。

「勿論でございます」

メグはぺこりと頭を下げる。

それをアイリーンは自信ありと受け取った。

「私たちも交替で手伝う。メグ頼むぞ」

「承知いたしました」

そう、このケーキ屋にはクルーガー帝国の存亡がかかっているのだ。

決して怪奇ケーキ巨人の趣味ではないのだ。

アイリーンは改めて気を引き締めた。

「ねえねえ。アイリーンお姉ちゃん」

気を引き締めたアイリーンの手をレベッカが引っ張った。

「うん。どうした?」

「あのね。あのね。妖精さんが来てるの」

アイリーンはレベッカを抱っこすると慌てて外に出た。

いつの間にか外は暗くなりつつあった。

「そろそろか……」

瑠衣の言うところでは、悪魔は普通は昼間に出歩かないらしい。

だから暗くなると悪魔が集まってくるはずだ。

アイリーンの目になにかボケッとした光が見えた。

エルムストリートの奥から光がやって来る。

それはランプを持った集団だった。

人ではない。それは悪魔の集団だった。

悪魔が列を成してやって来たのだ。

「来たぞ。お客様だ」

アイリーンは店舗に駆け込む。

「メグ、お客が来るぞ」

「え、まだ商品を搬入してないです」

「急いで持ってくる」

そう言うとアイリーンは店舗を出て屋敷に駆け込む。

「アッシュ殿、お客が来たぞ！」

アイリーンがそう言うと大急ぎでカルロスがシュークリームを詰んだカートを運んでくる。

「カルロス、焼き菓子は？」

「すぐ来ます！」

カルロスの言うとおり布袋に入れた大量の焼き菓子をアイザックが運んできた。

「アイリーン様はレベッカを見ててください。おいカルロス、次はケーキだ。二人で運ぶぞ！」

「アイザック、了解！」

台風のように二人は行ってしまう。

アイリーンとレベッカはぽつんと突っ立っていた。

「なんだか……我々は役立たずのようだな……」

アイリーンは少し寂しかった。

言い出しっぺはアイリーンなのに役立たずなのだ。

でもそんなアイリーンをレベッカは慰める。

「レベッカもお手伝いできるようにがんばるの。お姉ちゃんも一緒にがんばろうです」

レベッカはすごいでしょという顔をしていた。

「レベッカいい子いい子」

「あい♪」

アイリーンはレベッカをギュッと抱きしめた。

そうだ。がんばらねば。

アイリーンがやる気を出す。

刻々と百鬼夜行の如き悪魔の群れはケーキ屋を目指してゆらゆらと歩いてきていた。

勝負のときは迫っていた。


その列には人間ほどの大きさの犬や猫、アッシュの二倍は背丈のある巨人、それどころか巨大な触手や針や目玉なども並んでいた。

それらは瑠衣の紹介でやってきた悪魔たち。

悪魔たちがアッシュのケーキ屋を目指して列を作っていた。

ランタンを持った小さな悪魔が自主的に交通整理をしていた。

悪魔とはずいぶんと紳士的な集団らしい。

イライラともせずに大人しく整然と並んでいる。

一方、アッシュたちは忙しく働いていた。

ケーキを作り運ぶ。

結局、準備は直前までかかることになった。

パティシエであるアッシュが挨拶をする。

「よし、開店だ！　今回は急だったから材料が少ない。だから今回はお客様全員が同じセットにしようと思う。確認しよう。ケーキは？」

「『三つ！』」

皆が声を合わせる。

軍人が多いためかこういった体育会系的なノリに抵抗はなかった。

レベッカも一緒になって声を出している。

「シュークリームは？」

「『六つ！』」

「焼き菓子は？」

「『三種類！』」

「それをどうする？」

「『カゴに入れて提供！』」

「よし！　皆さんがんばりましょう！」

アッシュがそう言うと皆が拳を天に突き出す。

すると全員がなんとなく拍手をする。
そしてアッシュの顔がキリッとすると全員が拳を握る。
「「えいえいおー！」」
レベッカもよくわからずに一緒になって鬨《とき》をあわせていた。
完全に戦闘のノリである。
そして開店時間がやって来た。
皆が持ち場に就く。
アッシュは力の続く限りケーキの増産。
アイリーンとレベッカは報酬として持ち込まれる品の鑑定。
カルロスは交替までメグの補助、アイザックとベルはアッシュの補助に入った。
最初のお客は巨大な花だった。
「へもへもへもへもへも……」
普通の人間には鳴き声にすら聞こえないか細い声だがメグには意味がわかった。
『オススメはどれかしら？』
どうやら花は女性らしい。
「今日はオススメのセットのみ取り扱っております」
『ではそれを頂きますわ』
メグがケーキの入ったカゴを渡す。

するとと花のお化けはカウンターに何かを置く。

それは指輪だった。

カルロスがそれを受け取り観察した。

裏に細かい文様が掘ってある。

カルロスは『マジックアイテム』と書かれたカゴに指輪をそっと入れる。

「ありがとうございました」

メグが頭を下げると花のお化けが店を出る。

そして次から次へと悪魔が入ってくる。

瑠衣とは違いほとんどの悪魔の見た目は人外である。

なにせ二番目に並んでいたのは頭の部分がカラスだったのだ。

『先ほどのご婦人にセットと言われましたがなにが入っているのですかな？』

カアカアという鳴き声がメグにはちゃんとした言葉に聞こえる。

「ケーキ三つにシュークリームが六つ、それと三種類の焼き菓子が入っております」

『なるほど。では頂きます』

カラスはメグにカゴを渡されると何もない空間から宝石のついた杖を出してカウンターに置く。

「ありがとうございます」

カラスはすうっと消える。

カルロスはすでにこの怪奇現象のラッシュについて考えるのをやめていた。

カルロスは『よくわからない』と書かれたカゴに杖を入れた。

その顔は喜怒哀楽のどれにも属さない微妙な表情だったという。

その後人外の客と何度も同じようなやりとりをする。

やはり悪魔の穏やかな客ばかりで素人店員でもなんとかさばくことが可能だった。

カゴが道具でいっぱいになるとアイリーンがカゴの中身を別のカゴに回収する。

アイリーンが作業をしている間、レベッカがお客に愛嬌を振りまいた。

悪魔もドラゴンを知っているのかレベッカを触ろうとはしなかったが、レベッカに手を振ってくれる。

アイリーンがカゴの中身を移し終えるとレベッカはアイリーンと一緒に屋敷へ戻った。

屋敷に戻るとアイリーンは食堂でレベッカと一緒にカゴを並べる。

その時アイリーンは予想通りだと安堵していた。

やはりマジックアイテムやわけのわからない道具が大量にある。

それをこれから分別せねばならないのだ。

アイリーンはまず『マジックアイテム』のカゴの中身を見た。

剣や指輪類が多い。

アイリーンは剣を抜く。

刀身に古代文字が掘ってある剣だ。

この手の強力な魔法剣は銃器を圧倒することができる。

アイリーンは魔力を込め魔法剣を起動する。

剣がまばゆい光を放つ。その剣からは恐ろしいまでの魔力を感じる。

「ぬお！」

慌ててアイリーンは魔力の供給を止める。

光が消え力を感じなくなる。

「これは……伝説級だな」

アイリーンは剣を壁に立てかける。

「これが放ってあったとは……恐ろしいものだな」

アイリーンはブツブツ言いながら今度は指輪を見る。

その間にレベッカは紙にはなまるを書いて剣の近くに置く。

アイリーンは紙が気になったので聞いた。

「そりゃなんだ？」

「すごくいいものです！」

なるほどとアイリーンは感心した。

「レベッカは賢いなあ。いい子いい子」

感心しながらレベッカの頭をなでる。

「えへへへへ」

レベッカのおかげでいくらか冷静になったアイリーンは指輪を見る。

裏に文字が書いてある。

古代文字ではなく比較的新しい物のようだ。

よく見ると銘が掘ってあるのにアイリーンは気づく。

「これは……宮廷魔道士のヴェルダイン卿の作か！」

魔術関連の一切を取り仕切っている偉い人である。

「だあれ？」

「ああ、城の偉い人だ。これを悪魔が持っていたってことはヴェルダイン卿は魔族に負けたことがあるのか……」

なにせヴェルダインは国の魔道士のトップだ。

そのヴェルダインに道具を作ってもらえる人間などいない。

自分で使うために作ったに違いない。

そして悪魔と戦って指輪を没収されたのだ。

雲の上のお偉いさんの黒歴史を発見してしまいアイリーンの手が震えた。

「知らなければよかった……」

「お姉ちゃん大丈夫？」

じいっとレベッカがアイリーンの顔をのぞき込んでいた。

視線に気づいたアイリーンはレベッカの頭をなでる。

「うん、大丈夫。少しびっくりしただけだ」

「あい」

こうして二人が鑑定を進めているとドタドタとした騒がしい足音が聞こえてくる。

カルロスだ。

「た、たいへんだ！」

「カルロスなにを騒いでる？」

「い、いやお客様が、お客様が……」

「だからなんだ？」

「お客様がアッシュ殿にぜひ会いたいとおっしゃってます」

「はあ？」

「いえアッシュ殿は悪魔業界でカリスマ美形パティシエとして人気だそうで。年若いお嬢様たちが一目会いたいとおっしゃって」

（どこが美形なんだよ！）

このところ忙しすぎてツッコミが出てこなかったアイリーンの中で新たなツッコミがわき上がった。

いくらなんでもツッコミどころが多すぎる。

それもそのはず、悪魔基準の美形である。

「だ、誰だ！　そんな無責任な噂を流したのは！　……って瑠衣殿しかいないか」

あの悪魔はなにを考えているのかわからない。

悪意はない。だが何かとてつもないことを考えているに違いないのだ。

「いったい瑠衣殿はなにを考えているのだ！」

「俺だってわかりませんよ！　とにかくアッシュ殿、ケーキ作るのやめてこっちに来てください！」

「わかった。最後の焼き上がったからそっちに行く！」

アッシュはいつもの花柄エプロンのまま外に出ようとした。

髪はボサボサ、そこから殺人鬼の如き眼光を放つ目が見えるような状態でだ。

「ちょっと待てアッシュ殿！　それでは失礼だ」

「え？　じゃ、じゃあどうすれば」

「いいから。ベル、一緒に頼むぞ！」

アイリーンはベルを呼ぶ。

するとエプロン姿のベルが大急ぎでやって来る。

「はい！　アイリーン様とりあえず貴族風でよろしいですか？」

「うむ。髪を切っている暇はないから後ろで縛る騎士風しかなかろうな」

「かしこまりました」

アイリーンはアッシュの髪にオリーブオイルを塗りクシを使って整えると、アッシュのワカメ髪を後ろへ流しヒモで縛る。

ベルはカミソリでアッシュの自己主張の激しい眉毛《まゆげ》を整え、もみあげもそろえる。

するとと今まで殺人鬼のようだったアッシュの顔が眉目秀麗な騎士風に……はならなかった。

殺人鬼のような顔が帝都を牛耳る犯罪組織の首領風の凶悪な顔になった。

知的で清潔そうな分、余計に悪質になっている。

「ベル……なぜこうなった……私はなにか間違えたか？」

アイリーンの声は震えていた。

「なぜでしょうか？　百戦錬磨の将軍風と言えますが……」

ベルも「どうしてこうなった？」と言わんばかりである。

「それだったら口ひげが必要だろう。どうみても裏社会の殺し屋……」

もうアイリーンは思わず暴言を放ってしまう。

「いやマフィアのボスでしょう？　カリスマ性があふれてます」

カルロスのは素直な感想だった。しかもひどい。

まさに言いたい放題である。

でもレベッカは大喜びである。

「うわー、かっこいいです♪」

かっこいいことはかっこいい。

それはアイリーンもベルもカルロスも認めている。

だがかっこいいの方向性が違うのだ。

実は口にこそ出さないがマフィアのボスも相当美化した表現だ。

（どう見てもアッシュは……いや言うまい。かわいそうだ）
アイリーンは一人納得する。
だがレベッカは容赦なかった。
「魔王みたいでかっこいいです！」
アッシュはずっこける。
（トドメ刺した！！！）
レベッカは無邪気に喜んでいた。

真相

レベッカにトドメを刺されたアッシュだがその程度のことではへこたれない。

なぜなら言われ慣れているからだ。

だてに奴隷として傭兵ギルドに売られてはいない。

アッシュの精神的タフネスはその化け物じみた肉体をはるかに超えるのだ。

そう、アッシュの内面はイケメンだった。

鍛えに鍛えられたイケメン力がほとばしっていたのだ。

虐げられて生きてきたにもかかわらず、なお優しさを忘れないアッシュのその内面のイケメン力が炸裂する。

アッシュはレベッカの頭をなでる。そして優しい声で言った。

「いつもありがとうな」

心で泣いていても優しさを忘れない。

それがアッシュという漢《おとこ》なのだ。

それを見たアイリーンはベルにつぶやく。

「……ベル……いま少しキュンとしなかったか？」

「え？」

どうやらアイリーンは雄々しいのがタイプらしい。

ベルはそんなアイリーンを見て「私が守ってあげなきゃ」と気持ちを新たにした。

一方、騎士風にコーディネイトをされたアッシュは颯爽《さっそう》と悪魔たちの前へ現れる。

背が高く男らしい体型のアッシュはそれだけでも充分絵になった。

ただし悪魔を使役する魔王として。

「キャーキャー！」

明らかに女性とわかる悪魔がアッシュにサインを求める。

それどころか魚やら鳥やら山羊やら、さらには蜘蛛やら目玉やらもアッシュに群がる。

優秀な傭兵であるアッシュは文字の読み書きはできるので汚い字ながらもサインを書いていく。

だがアッシュの心は虚《むな》しかった。

サインを求めてくるのがうら若い女性だとはなんとなくわかる。

だが、隙間風吹くアッシュの心の隙間を埋めることはできなかった。

だがそんな落胆を表に出すほどアッシュの内面イケメン力は軟弱ではない。

白い歯をキラッと輝かせながら握手までする。

握手をされた悪魔のお嬢さんがふらっと倒れてしまう。

アッシュは悪魔限定の破壊的イケメンフラッシュを全方位に放つ。

その様子を遠くから見たベルはつぶやいた。

「ドラゴンライダーの伝説を作った人がわかりました」

アイリーンも同意する。

「奇遇だな。私もわかった。私の場合は最初に噂を流したものまでわかったぞ」

もうどう考えてもアッシュがドラゴンライダーなのは明白だ。

気づいてないのはアッシュだけだろう。

だからこそわかった。

アッシュを眉目秀麗などと表現するのは悪魔しかいない。

悪魔の美的感覚が生んだ表現に違いないのだ。

そしてアイリーンはケーキ屋さんの計画からずっと誰かに操られているという思いがあった。

巧妙に逃れることのできないレールに乗せられたのだ。

「あらバレてしまいましたか」

アイリーンたちの後ろからのんびりした声がした。

この声は一人しか、いや一柱しかいない。

「瑠衣殿だろう？　ドラゴンライダーの記録を残したのは」

「ええ、ご明察の通りです。私が初代皇帝とともに伝説を残しました」

そういうと瑠衣はイタズラがバレたかのようにニコニコと笑った。

それを見たアイリーンは額に皺を寄せる。

「やはりな……では聞こう。なにが目的だ？」

「んー」と瑠衣は人差し指を唇に寄せる。

「そうですね。そろそろお話ししてもいい頃でしょう。ではおさらいです。我々悪魔の食料は？」

「人間の不幸」

「その通りです。では帝国での我々の立場は？」

「見つけ次第駆除。ただし実際は返り討ちにされるのがオチだがな」

「んふ」と瑠衣は笑う。

「本当のところは返り討ちなんかに致しません。ほとんどは道具を没収するだけです」

「ああ、回収された道具を確認したら思い知った。有力貴族の銘の入った品だらけだ」

「いつの時代も我々を倒して名を上げようとする輩《やから》は絶えません。戦争前は生き残るだけでも武勇になったのでよく襲われました」

「なるほど。確かに魔法の武器はこの戦争で我らを勝利に導くだろう。だが私は真実を知りすぎた。それを他の貴族に知られでもしたらあらゆる貴族に殺意を抱かれるだろうな。生きては残れまい。まさか瑠衣殿は私を消すのが目的かな？」

「いいえ。あくまで武器はお菓子の報酬です。私たちは契約と取り引きには忠実なのです」

「では何が目的だ？」

「我らの悲願でございます。それと戦争の終結も」

「ほう悪魔の食料が関係しているのか」

「その通りでございます。話を元に戻しましょう。我々は人の不幸を食べています。ですが人間はなぜか協力して頂けないのです」

『当たり前だろう』と、アイリーンは一瞬思ったが思い直して首を振った。

違う。『なぜか』と瑠衣は言った。

そうか盟約か。協力する盟約を初代クルーガー帝と結んでいるのだ。

アイリーンは納得した。

「なるほど。盟約だな」

「その通りでございます。我らは殺人犯などの極悪人に限って人間を狩る権利を頂いてます。人間たちは可能な限り我々に危害を加えないという確約も頂いていました。その代わりに我らは人間にあらゆる援助をすることになっております」

「ところが人間は約束を守らなかった」

「ええ。最初の七十年を過ぎたあたりから盟約違反が目立つようになり、百年も経《た》つと人間は我々を狩ろうとするようになりました。我らが仕えるドラゴンにも同じです。人間はドラゴンの加護と引き替えにドラゴンと共存する約束でした。ところがいつしか人間は同じ過ちを繰り返しました」

「なるほどな。だがわからない。我らに……いや、アッシュ殿に何をさせたい？」

「アッシュ殿には我らと契約を交わして欲しいのです。人以外の存在を保護する代わりに我らはアッシュ殿に最大の便宜をはかりましょう」

「それは王や領主の役目ではないのか？」

「我らには関係ございません。我らは契約を履行して頂ければいいのです。それに今の王には我らと盟約を結ぶ権利はございません」

「どういう意味だ？」

「今の王はドラゴンライダーであったクルーガー帝の血を引いておりません。おそらく四代皇帝から先はクルーガー帝の血は引いておられないかと」

アイリーンの血がサーッと引いた。

それは最大級の爆弾情報だった。

なにせ今の皇帝に正当性がないということなのだ。

(消される。確実に消される)

アイリーンが確信するほどにそれは恐ろしい情報だったのだ。

「な、なぜ、私にその情報を伝えた？」

「あらお気づきでない？　貴女はクルーガー帝の血を引いていらっしゃいます。この話を知る権利はございますよ」

ハンマーで頭を殴られたような衝撃だった。

アイリーンはくらっと意識を手放しそうになった。

「いやいやいやいや、我が家は新興貴族だぞ。そんなはずが……」

「お母様のご実家はどうでしょう？」

正直言ってアイリーンにはピンとこない。

母親が早くに亡くなったので顔もおぼえていないのだ。

それに母方の実家とも疎遠である。

だがそうも言ってられない。

アイリーンはなんとか記憶から情報を引き出す。

「いや歴史はあれど没落した男爵……なるほど……そういうことか……」

アイリーンの母方が血を継いでいたのだ。

「はい♪」

「だがわからない。なぜこんな遠回しな手に出たんだ？　アッシュ殿に直接言えばいいだろう。アッシュ殿ほどの度量を持つお方なら話せばわかってくれるだろう？」

「理由は二つあります。一つは我らの中でアッシュ殿と契約をするという意思の統一が必要だったこと。アッシュ殿のお披露目が必要だったのです。これはこの様子だとクリアできたと信じております。もう一つはアッシュ殿を覚醒させること」

「覚醒？」

「はい♪　アッシュ殿は初代皇帝クルーガーの子孫の一人で、その中でも一番クルーガー帝の血を濃く受け継いでいます」

アイリーンが思わず怒鳴る。

「おかしいだろ！　なんでそんなのが孤児院にいるんだ!?　少なくとも貴族ではないか！」

怒るアイリーンに瑠衣はあくまで冷静に答える。

そうあくまで平坦に冷静に。

「よくあることですが跡目争いで血を継いでない側が勝利を収めたのです。そしてクルーガー帝の子孫は没落の憂き目に。だから今の王は我らやドラゴンとの盟約を軽んじ……いえその存在すら知らないのです」

アイリーンは口に手を当てる。

帝国の皇位は簒奪者《さんだつ》によって奪われていた。

帝国はもうすでに、何百年も前に滅んでいたのだ。

「我らは盟約の復活を望みます。確かに我々は人間にとっては天敵でございます。人間の戦闘力を凌駕しております。だからといって我らが争いを望むわけではないのです。しょせん我らもドラゴンも人間がいなければ滅びてしまうひ弱な存在なのです。だからこそ我らもドラゴンもドラゴンライダーの庇護下に入る必要があるのです。こちらとしてもアッシュ殿に早く覚醒して頂きたいのです」

結局、覚醒の意味はアイリーンにはわからなかった。

だが瑠衣の言っていることが嘘ではないことはわかった。

「ではどうするつもりだ？　帝国と戦争でもするつもりか？」

「いいえ。じきに帝国は盟約を破ったことが原因で瓦解するでしょう。もう我らもドラゴンも助けませんから。それにもっと厄介な事態も動いておりますので」

瑠衣は冷たい目をしてそう言った。

もう皇帝は自分たちの取り引き相手ではないということだろう。

「そうか……」

アイリーンは相づちを打つだけで精一杯だった。

「我らはどうなる？」

「今しばらくはこのままでいてください。すぐに事態は動くことでしょう」

瑠衣はそう言うと踵を返した。

だがなにかを思い出したのか歩みを止める。

「それと、私は貴女を勝手に友人だと思っております」

「私も瑠衣殿を友人だと思っている」

「ふふふ、よかった。悪魔というのは義理堅いのです。なにかあればこの瑠衣がお助けいたしましょう」

それだけ言うと瑠衣はまるで世界に溶けるように消えた。

ドラゴンさんと盟約。りあじゅうばくはつしろへん。

ケーキ屋さんのプレオープンはつつがなく終了した。

ケーキの材料は底をつき、周辺の村にも在庫はない。

そのためしばらくは夜に焼き菓子だけを販売することになった。

仕事があるのは鑑定を務めるアイリーンのみである。

アイリーンは鑑定の手を止め瑠衣から渡された書類を眺めていた。

書類は普通の羊皮紙に本文が焼きつけられている。偽造防止のためだろう。

悪魔だからといって特に禍々《まがまが》しいというわけではなかった。

契約書の中身はドラゴンや悪魔などの人外の生物を保護する代わりに彼らは契約者とその直系子孫に忠誠を誓うというものだった。

商人たちの契約とは違い細かい条項がない。

問題が発生したらそのつど各種族の代表者と話し合うとも書かれている。

名前を書く欄は二つ。

レベッカはドラゴンだからこの欄の対象者ではない。

つまりアッシュとアイリーンの名前を書く欄だった。

「これでは保証人みたいではないか」とアイリーンはぼやくとテーブルに羊皮紙を置く。

アッシュの作業はもうすぐ終わりだ。

終わったらアイリーンと話し合うことになっている。

初代皇帝の直系の話から悪魔との契約まで、話し合うことは多い。

アイリーンは作業に戻る。

なにか集中できることをして頭を切り換えたかったのだ。

「アイリーンお姉ちゃん。これはどうやって分けてるのー？」

したんしたんとレベッカが飛び跳ねながら聞いた。

アイリーンが分別したカゴの意味を知りたかったらしい。

「うーんとな。レベッカの前にあるのが魔法がかかってて高く売れるヤツ。隣は魔法がかかってないやつ」

「じゃあそこの遠くに置いてあるのはなあに？」

レベッカが首をかしげた。

アイリーンはまるで貼り付けたような笑顔のまま言った。

「貴族の黒歴史……持っていることが知れたらたいへんなことになる。屋敷の裏に埋めようと思う」

触るな危険。

なにせ大貴族の華々しい伝説の大半が大嘘であるという証拠だ。

その存在が知られただけで暗殺の対象になってしまう。

レベッカはよくわからないのか首をさらにかしげ、さらに尻尾も下げた。

「難しいの……」

「大人の事情というやつだ。落ち込まなくていいぞ」

「うん♪」

なんとなく納得してくれたようだ。

アイリーンはレベッカにいい子いい子と頭をなでる。

「うりうり」

「いやーん♪」

レベッカは大喜びだ。

するとアッシュのドタドタという大きい足音が聞こえてくる。

図体が大きいと足音もそれなりなのだ。

「おうっし終わったよー」

「にいたん！」

レベッカがアッシュに飛びつく。

アッシュはレベッカを抱っこするとキョロキョロとする。

「あれ、ベルさんは？」

「部屋で休んでもらってる」

「そう？　珍しいな」

「ああアッシュ殿と二人で話があったので席を外してもらった」

「戦争のことか……」

アッシュは困ったなと頭をポリポリかいた。

「それもあるがもっと重要な話だ」

「もっと重要って？」

「アッシュ殿。瑠衣殿と契約を結んでクリスタルレイクを……この国を救って欲しい」

アイリーンは思い切って言った。

たぶん断られるだろう。

この国は、このクリスタルレイクはアッシュを奴隷として売ったのだ。

助ける義理なんて存在しないのだ。

アイリーンは目をつぶった。

もうこの国は終わりだ。

これで終わる。

悪魔もこれ以上は助けない。いや、敵に回るだろう。

そしてアッシュが口を開く。

「いいよ」

アイリーンは目を見開いた。

「いいのか？　この村は貴公を奴隷として売ったのだぞ？　この国は貴公を戦場に送ったのだぞ？」

「いいよ。瑠衣さんは信用できる。それに結構楽しいんだ。レベッカがいてアイリーンもベルさんも騎士の二人に幽霊のメグさんがいる生活が……この生活が楽しんだ」

アイリーンがアッシュに抱きつく。

アッシュは今までされたことのない反応に固まる。

「あ、あのアイリーン？」

「ありがとう」

アイリーンは心の底から嬉しかった。

いかに貴族の統治に正当性がなかろうと犠牲になるのは民だ。

アイリーンの貴族としての矜持《きょうじ》は民を見捨てることを許さなかった。

だからこそアッシュの態度に心を打たれたのだ。

数秒してアイリーンは自分が男性に抱きついたことを認識した。

「ひゃう！　す、す、す、すまん！」

アイリーンは慌ててアッシュを離す。

「アイリーンお姉ちゃんはにいたんと仲良しさんですね」

レベッカはニコニコしていた。

「い、い、い、い、い、いや、つい興奮してしまってだな」

「わかってるから！　気にしないで！」

アッシュも大慌てである。

そこに幽霊のメグがわざとらしくお茶を運んでくる。

「はいはーい。初々しいですねー」

メグの態度はニコニコしているが微妙に嫉妬《しっと》が混ざっている。

はいはいリア充爆発しろという態度である。

「ちょ、メグ！」

「はいはーい。私はなにも見ませんでしたー♪」

メグはそれだけ言うと逃げるように部屋を出ていった。

二人は無言になる。

沈黙を破ったのはアッシュだった。

「えっとそれで俺はどうすればいいのかな。あはははは」

「あははは。そうだなアッシュ殿。ここにサインをしてくれ」

「あ、ああ。わかった」

アッシュは羽ペンで署名する。

アッシュが書き終わるとアイリーンも続く。

すると不思議なことが起こった。

二人が書いた署名が焼けたのだ。

じゅうっと炭のニオイがする。

二人の署名は契約書の他の部分と同じように焼き印で押したような跡になった。

そしてアッシュとアイリーンの脳裏に声が響く。

「古き盟約は破棄され新たな盟約は交わされた。お互いの良き未来を……」

声がしたのと同時にレベッカが光に包まれる。

「うわーい♪」

レベッカは喜んでいる。

「レベッカ大丈夫か？」

「うん。嫌な感じはしないの。あのね、あのね、妖精さんもドラゴンさんもたくさん来てるの。みんなここに住みたいって」

レベッカがパタパタと身振り手振りで説明する。

「ドラゴンも？」

「うん。まだみんな見えないけどいるの」

「見えないって？」

アッシュはレベッカをテーブルに置いて聞いた。

「あのね。みんな消えちゃった子なの。怖くて暗くて寂しくて消えちゃったの。でもにいたんと楽しいことがしたいって。人間さんと一緒に暮らしたいって」

アッシュとアイリーンは目を見合わせた。

「あ、アッシュ殿」

「ああ、ドラゴンは生きていたのか」

二人は微笑んだ。

そしてアッシュはレベッカに優しく言った。

「よかったなレベッカ。お友達が帰ってくるぞ」

「うん♪」

皇帝と悪魔たちとの古《いにしえ》の盟約は破棄された。

そしてアイリーンとアッシュ、それと悪魔たちやドラゴンたちとの新しい盟約が結ばれた。

アッシュたちはまだ知らなかった。

クルーガー帝国の本当の姿を。

まだ彼らは帝国の各都市になにが存在するかを知らなかったのだ。


戦場はアンデッド狩りもされずに放置されていた。

埋葬も死体の処理もされていなかった。

恨みを抱えた戦士の魂が浄化されずに戦場に漂っていたのだ。

古の盟約を知っているものにとってそれは必然だった。

悪魔がなぜ悪を狩っていたのか。

それすらも人間は忘れていた。

最初の異変は無能故に守勢に転じたパトリック・ベイトマンが都市を放棄した直後に起こった。

まず都市に残った血が地下へと吸い取られていった。

都市が千人分もの血を吸うころにはあたりは闇に包まれていた。

そして都市が血を吸い尽くした直後大きな揺れが起こる。

それは立っていられないほどの大きな揺れだった。

都市にいたノーマン共和国軍の駐留部隊は当然のように慌てた。

「な、なんだ！　なにがあった！」

「地揺れだ！」

「ひぃいいいいッ！」

あまりの揺れに逃げ回ることもできずノーマン軍の駐留部隊は揺れをただやり過ごす。

時間にして数分のことだろう。

ピタリと揺れが収まる。

男たちは安堵のため息をついた。

その時だった。

闇の中で叫び声が上がった。

「お、おい、今のはなんだ？」

一人の兵士が近くにたくさんいた仲間に話しかける。
誰でも良かった。話を聞いて「そんなことねえよ」と否定してくれれば。
だが返事はなかった。
あれほど多くいた仲間が一人もいなくなっていたのだ。
「な、なんだ？　どうしたんだよ！」
男は脱兎のごとく走り出した。
恐ろしかったのだ。
だがその男も一瞬で声を出すことはできなくなった。
兵士の男のその存在が消えてしまったのだ。
夜が明けると、そこは生者の存在しない死の都市になっていた。

悪魔になった男

それはある悪魔の物語。

そしてある天才と言われた男の物語。

ありとあらゆる魔法を修め天才の名をほしいままにした男の物語。

男は人間という存在に辟易《へきえき》としていた。

男にとって人間とは愚図《ぐず》で鈍間《のろま》なくせに嫉妬深く、それでいて決して男の能力を認めない不愉快な存在だった。

男は人間が嫌で嫌でたまらない。

男は話をしても誰も男の望む水準にまで達することはできず、勉強もしないのに言い訳ばかりするこの人間という生き物に強い憎しみを抱くようになった。

だが男にとってそれは苦痛以外のなにものでもなかった。

男はある日ある考えにたどり着いた。

自らが人間を超えてしまえばこのいつまでも続く苦痛から解放されるのではないかと。

長い長い時を経て男は、自らを人間を超える存在に変える魔法を編み出した。

そして男は編み出した魔法を使い、人間をやめた。
男は悪魔として生まれ変わったのだ。
男には野望があった。
全ての人間を悪魔の支配下に置く。管理し、統制し、支配する。
悪魔の家畜にするのだ。
それが男の望みだった。
だが男の望みは叶えられることはなかった。
悪魔たちは人間と共存することを望んでいたのだ。
男は自身が悪魔にも受け入れられない存在であることに絶望した。
当たり前だ。
悪魔は人間がいなければ自分たちが絶滅することを知っていた。
だが男は違った。
全ての人間を滅ぼして自分も死ぬのが男の望みだったのだ。
そして男はとうとう禁忌に手を出した。
さらなる力を得るために悪魔を殺したのだ。
人間を滅ぼす力を得るために同族を殺したのだ。
悪魔たちは男を恐れた。
悪魔たちは男を封印することにした。

悪魔の貴族の女が悪魔を率いて男と戦った。
そして男は盟約に基づきとある町の地下に永遠に封印された……はずだった。
だが男の真上で盟約を忘れた愚かな人間たちが争いを始めた。
血が大地を覆ったとき男を縛っていた封印が壊れはじめた。
まず男はその町にいた兵士を全て食べた。
瑠衣たちのように上品に不幸だけを食べるやり方ではない。
文字通り喰らった。
何百年かぶりの不幸の味は格別だった。
男は歓喜した。
国を滅ぼし人間を家畜にする好機がやって来たのだ。
なぜなら男の不幸は全て人間のせいなのだから。

◇

パトリック・ベイトマン辺境伯は放心していた。
どう考えてもおかしい。
なぜこうなったのだ。
パトリックは何度も何度も考えた。

兵たちは歴戦の兵ぞろい。

それがなぜか敗北を喫することになったのだ。

今までは千の兵で万を超える兵を討つことができたはずだ。

だが実際は無茶な進撃で無駄に兵を失い、戦力の逐次導入でさらに損害を大きくするという負のスパイラルに入り込んでいた。

あっと言う間に攻守は逆転しパトリックたちの軍は戦乱で壊れかけたみすぼらしい砦にまで後退していた。

それがなぜ急にこうなった。

我が国の兵は優秀ではなかったのか!?

末娘のアイリーンは一人の傭兵が快進撃の立て役者だと言っていたが、そんなはずがない。

戦とは個人の力でひっくり返るものではない。

それにそもそも身分卑しい傭兵などにそんな力があるはずがないのだ。

庶民など支配されるしか能のないゴミである。

それがパトリックの信じる世界であった。

パトリックがことさら無能ということはない。

クルーガー帝国の貴族の大半がそんな程度の輩だった。

そもそもクルーガー帝国は初代皇帝がドラゴンを保護するために作った国である。

だが長い歴史の中で国の根幹は人間種至上主義と変貌する。

そのためドラゴンとの盟約も悪魔との盟約も忘れ去られてしまった。

このパトリックも同じだった。

砦が何を守っているのか？

いや、砦になにが存在するのか？　それすら知らなかった。

もはやクルーガー帝国にはそれを伝える資料が失われていたのだ。

初代皇帝の思惑など誰も知らなかったのだ。

「なぜだ……なぜだ！」

たとえ「なぜ」を解いても当たり前のことがわからなかったからなのだがそれをパトリックに伝えるのは残酷なことだろう。

それにパトリックにはもっと困難な試練がやって来たのだ。

ある日やって来たそれは一通の書状だった。

封筒を封印する赤い封蠟の印璽《シール》には王家の指輪印章が捺《お》されていた。

皇帝からの正式な命令書である。

パトリックは震える手で命令書を開封し中を確かめた。

その内容は死刑宣告に近しいものだった。

パトリックに砦を死守せよという厳命であった。

皇帝はパトリックに死ねと命令したのだ。

パトリックはクズで無能である。だが裏切り者ではない。

パトリックはその運命を受け入れたのだ。

この時になるとパトリックは死を受け入れつつあった。

死を受け入れ肚がすわると思い出されるのは末娘の顔。

かまってやらずにまるで男のように育った娘を。

その娘アイリーンだけがこの電撃作戦に勝てるはずがないと反対していた。

「そうか……アイリーン。ワシが間違っていたのだな。いたのだ……アッシュという男は確かにいたのか……」

パトリックはようやくここに来て正しく事態を理解した。

パトリックはむせび泣いた。

思えば末娘には苦労をかけた。

優秀だったせいか年頃にもかかわらず内政や軍事を任せてしまった。

それなのに娘らしいことを何一つさせてあげなかった。

戦時でさえなければ舞踏会にももっと積極的に出席させていただろう。

それなのにアイリーンは男のように鎧を着て傭兵を探している。

なんて自分はひどい親だったのだ。

パトリックは後悔していた。

そんなパトリックに世界は残酷だった。

カンッ！　カンッ！　カンッ！　カンッ！

鐘の鳴る音が聞こえてきた。

砦の警備をしている兵が鳴らしたものだ。

続いて兵士たちが騒ぐ声がパトリックの部屋まで聞こえてくる。

「クソッ、ありえねえ！」

「神よ！」

「俺たちは死ぬんだああああああッ！」

兵たちの声を聞いたパトリックが席を立つ。

なにがあった？

なぜそんなにも怯えている。

するとパトリックの部屋の戸が乱暴に開けられる。

「パトリック様たいへんです！」

鎧を着た男、パトリックの副官が慌てた様子でやって来たのだ。

「どうした。なにがあった？」

パトリックはありったけの貴族としての矜持を振り絞り冷静にいるように努めた。

だからと言って生まれ変わったわけではない。

「し、死体が……」

「死体がなんだ？」

「と、とにかく来てください！」

パトリックは副官に言われるままに小走りで見張り台へ急ぐ。

見張り台のところまで行くと顔面蒼白の兵がいた。

「なにがあった？」

パトリックは内心の動揺を覚られないように静かに聞いた。

「し、死体です……死体の群れが迫ってます……」

「どういう意味だ……」

「死んだはずの同胞の死体がこちらに向かってきてるんです」

そう言うと兵は膝を抱えてうずくまった。

「そんなことが可能なのか？」

パトリックは驚きの表情を戻すことなく副官に聞いた。

パトリックの顔まで真っ青になっていた。

「わかりません……」

副官も首を振った。

「ですが戦場にはアンデッドが出現しやすくなると聞いたことがあります。普段ならアンデッド狩りが戦場を浄化するのですがこのたびの戦いでは浄化するだけの時間はありませんでした」

それを聞いた兵士が怒鳴り声を上げた。

「アッシュさんの言ってた通りだ。やっぱりアンデッドが発生しやがった！」

アッシュという名前を聞いてパトリックはびくりと体を震わせた。

「アッシュというのは傭兵の?」

「え、ええ。なりは化け物みたいですが死霊狩りもやってた器用なヤツでさあ」

パトリックは思った。

もしアッシュという男が死霊と戦っていたのならなにか参考になるかもしれない。

「なるほど。それでどうやってそのアッシュは死霊と戦っていた?」

「素手で殴ってましたね」

全く参考にならない。

そんなことは武僧《モンク》でもできない。

「それではどうすればいい……」

パトリックは副官の方を見る。

「もはや籠城するしかないでしょう」

もはや人間相手でもその手しか残されていない。

だがどうしても勝利できるとは思えなかった。

パトリックにはこの光景が地獄のように思えた。

「ああそうだな」

だがパトリックはまだ知らなかった。

これはほんの序の口だということに。

遠くで悪魔になった男が久しぶりの人間が慌てふためく様を見てほくそ笑んでいたことを。

ドラゴンライダー

封印された悪魔の復活、それと同時期に示唆されたドラゴンの復活。

歴史的転換点と言えるほどの大きな出来事だったが、クリスタルレイクはのどかなものだった。

消えたドラゴンはまだ復活してないし、動く死体どころか盗賊すらも現れていなかった。

実際は瑠衣やその配下が盗賊を地獄に招待していたのだがそれをアッシュたちは知らなかった。

アイリーンにもまだ動く死体の話や父であるベイトマン卿の処遇の話は耳に入ってなかった。

だから彼らは穏やかな日々を過ごしていたのだ。

もちろんアイリーンは頭の片隅でこの幸せな日々に終わりが来ることを知っていた。

だがアイリーンはなるべく終わりから目をそらしたかった。

その日、アッシュたちは彼らの中では非常に大きな問題をこなしていた。

レベッカの折れた羽の問題である。

とは言ってもアッシュ特製の湿布の交換くらいしかやることはない。

アッシュはレベッカの包帯を解《ほど》き乾いた湿布を取り外した。

もう何度も交換しているのでレベッカも慣れていた。

哀れなほど折れ曲がっていた羽も真っ直ぐになり、見た目には治療できたように見えた。

アッシュの作業を見ていたアイリーンが感心した。

「ほう、なるほど。これが傭兵の治療薬か。これだったらすぐに飛べるようになるな」

ところがアッシュはそれを聞いて渋い顔をした。

「それが野鳥とかだと風切り羽が折れてしまうと飛べないってこともあるんだ」

もちろんレベッカはコウモリのような羽を持つドラゴンなので風切り羽はない。

それ以前に羽が小さすぎて飛べないように思える。

「え、でもドラゴンはどうなんだ？」

「わからない。飛龍以外のドラゴンを見たのも初めてだ。飛龍は翼が折れたらどうする？」

「強い生き物だから放っておいても大丈夫なはずだ。レベッカ、羽は動くか？　やってみてくれ」

「あい」

レベッカは目を閉じてぷるぷると震えた。

するとレベッカの小さな羽がピコピコと動く。

「おお！　動いたぞ！」

「おー偉い偉い」

アッシュとアイリーンはレベッカをもみくちゃにする。

「やーん♪」

レベッカは大喜びである。

「ほれほれほれほれ」

すりすりすりすり。

「ひゃいーん♪」

レベッカは大喜びで尻尾を振りながらアッシュの手にしがみつく。

それを見てアイリーンが笑いながら言った。

「ほーら、アッシュ殿、飛べるかどうか見るんだろ？」

「あ、ああ。悪い」

アッシュは相手が貴族だというのにもうずいぶん前からぞんざいな口調で話していた。

それをアイリーンもベルも特には咎《とが》めなかったし礼儀作法をあまり知らないアッシュも敬語は苦手だった。

「じゃあレベッカ飛んでみて」

瑠衣の言葉を信じれば、幸せを切らせたせいで起こった現象だ。

ドラゴンは滅多なことでは怪我をしないはずなのだ。

つまりレベッカは今なら飛ぶことができるはずなのだ。

「あい」

アッシュがあまり他人には伝わらない優しい顔をするとレベッカは手を上げて返事をした。

するとレベッカはきゅっと身を縮めると羽を広げた。

とは言っても元々小さい羽のため広げてもたいした大きさではない。

それがピコピコと動く。

アイリーンたちが見てもなんというか非常に鈍くさい動きだった。

そもそも鳥は一目見ただけでも飛べるような形にできている。

飛龍もまた同じだ。

だがドラゴンはどう見ても飛ぶための形をしているようには見えない。

アイリーンはだんだんと不安になっていった。

レベッカはさらに羽をピコピコと動かす。

するとレベッカの体が光りはじめた。

「行くです！」

レベッカの体が浮かんでいく。

小さな羽でレベッカは飛んだのだ。

明らかに自然な力ではないものが働いている。

アッシュもアイリーンも感心して見ていると、だんだんとレベッカのアゴが浮いていく。

息が上がり、羽だけではなく手足もピコピコと動かす。

「も、もう無理です！」

そしてわずか数秒で飛行は終わった。

「へふ、へふー……」

レベッカは息を切らせながら床に寝転がる。

どうやらレベッカはスタミナは少ないらしい。

アッシュは頭をいい子いい子となでながら聞いた。

「大丈夫か？」

「……すごくがんばりました」

レベッカは寝っ転がりながら誇らしげに言った。

「おう。痛くないか？」

アッシュはレベッカに痛みがないか確認する。

無理をして怪我を悪化させたらまずいと思ったのだ。

「あ、痛くないです」

息の整ったレベッカはがばっと起きあがると今度は喜んで跳びまわった。

「怪我は治ったようだな」

「あい！」

レベッカは尻尾をふりふりした。

でもレベッカはなにかを思い出すと尻尾を丸めた。

「あのね……」

「なんだレベッカ？　どうした。痛かったか？」

アイリーンもオロオロする。

「レベッカ痛かったらちゃんと言え。お姉ちゃんがにいたんを叩いてあげるから」

「ううん。違うの」

レベッカは自分の長い尻尾をぎゅっと抱きしめた。

それを見てアイリーンはたまらない気持ちになってくる。

「どうした言ってみろ」

「あのね。痛い痛い治っちゃったら、にいたんたちとバイバイしなきゃダメ？」

レベッカは意を決して言った。

レベッカはすまなそうに下を向いている。

「なんだそんなことか」

アッシュは笑う。

アイリーンもふふふと笑った。

「レベッカ。ずうっと家にいてくれ。お母さんが見つかってもお母さんと一緒にこのクリスタルレイクに住めばいい。みんなで暮らそう」

アッシュの言葉を聞いてレベッカの表情がぱあっと明るくなった。

「うん！　にいたんと一緒にいる！」

そう言うとレベッカはアッシュに抱きつく。

そのままスリスリと頬ずりする。

そしてレベッカはアッシュの肩へよじ登った。

「お、どうした？　肩車か？」

「ううん。あのね、あのね」

レベッカはもじもじする。

「なんだ？」

「怒らないでね♪」

そう言うとレベッカは口を開け……アッシュの肩へかぶりついた。

「おお！」

痛くはなかった。

それは甘噛みだった。

レベッカはアッシュの肩をはむはむしていた。

「どうしたレベッカ？」

はむはむする。

アイリーンも少し心配になる。

「お、おいレベッカ。そんなものぺっしなさい！」

「いいのーはむはむ」

そしてしばらく甘噛みするとアッシュの肩から口を離す。

「あのね！　盟約において……えーっと……なんだっけ？」

きゅっとレベッカは首をかしげた。

「……えっとそれで、レベッカとにいたんは家族になりました！」

とっくに家族のつもりだったアッシュは首をかしげる。

なにか意味があるのだろうか？

困ったアッシュがアイリーンの方を見るとアイリーンは何かを理解したような顔をしていた。

「もしかしてそれは血の契約か！　レベッカはアッシュ殿と契約をしたのか？」

「うーんと、それ？」

ひとりアッシュだけが置いてけぼりにされている。

「アイリーン。どういうことだ？」

「おとぎ話のドラゴンライダーだよ！　クルーガー帝の腕を噛んでドラゴンは契約をするってのがあるだろ。……アッシュ殿、今日から君がレベッカのドラゴンライダーだ。君はドラゴンと一心同体になる。君の命はレベッカの命とリンクし、無限の力を発揮する……けど」

アイリーンがレベッカをちらっと見る。

「まあ危険性はないな。レベッカ、私とは契約はしないのか？」

「だってにいたんはドラゴンライダーなのです！　それにアイリーンお姉ちゃんは瑠衣お姉ちゃんと契約してますよ」

どうやらアッシュでなければ契約できないらしい。

「うん？」

アイリーンは首を捻った。

全く覚えがない。

誰と誰が契約したというのだろうか？

そしてアイリーンは思い出した。

契約書だ。

契約書にアイリーンの署名を書く場所があった。

その時だ。

だがどういうことだろうか？

瑠衣に会ったら問いたださなければならない。

「え、えっと、瑠衣お姉ちゃんとはあとで話し合うぞ」

「あい」

レベッカは素直に頷いた。

アイリーンはこのゆるい空間が好きだった。

貴族の暮らしより何倍もこの小さなドラゴンや善良な大男と暮らす方が楽しかった。

だがアイリーンはアッシュに戦場に戻るように頼みに来たのだ。

だから楽しい暮らしに終わりは必ずやって来るのだ。

「アイリーン様！」

ベルが乱暴に食堂のドアを開けた。

「なんだベル。レベッカが恋しくなったか？」

アイリーンはこの家でレベッカに一番過保護なベルをからかった。

ところがベルは真剣な様子で言った。

「アイリーン様。よくお聞きください。殿《との》が決死隊を編成し砦に立てこもりました。砦は敵に包囲された模様です」

「そうか……砦は落ちそうなのか？」

「いえ、そこまではわかりません」

「わかった」

ベルにそう言うとアイリーンはアッシュの方を向いた。

「アッシュ殿。すまないが果物を全て譲って欲しい」

「ああ。わかった。今から全て収穫する」

それだけを頼んだアイリーンにベルは聞く。

「アッシュ殿の助力をお頼みしなくてよろしいのですか？」

アイリーンはニッと笑った。

「アッシュ殿はドラゴンライダーだ。こんな程度の戦いには出せん。もっと大きなことのために戦う身だ」

そしてアイリーンは何かを言いかけたアッシュの胸を叩く。

「アッシュ殿はレベッカや悪魔たちのことだけを考えるべきだ。人間は私に任せろ」

アイリーンの心中をおもんぱかって黙るアッシュを置いてアイリーンは食堂を出ていく。

ベルも慌ててアイリーンの後ろをついていってしまった。

食堂に残されたのはアッシュとレベッカだけだった。

二人になるとアッシュはレベッカに言った。

「なあ、レベッカ。お姉ちゃんは好きか？」

「あい！　大好きです。ベルお姉さんも好きです！」

アッシュも同意する。

「俺も好きだ。もちろんベルさんも好きだ」

『アイリーンが好き』と言うのはどうにも気恥ずかしかった。

「あい！」

「アイザックもカルロスも好きだ」

男と男の友情である。

「あい！」

「だから俺を手伝って欲しい」

「あい！」

アッシュはレベッカの頭をなでた。

軍師ゼイン

動く死体。いわゆるゾンビの襲撃を受けたパトリックたちが立てこもる砦では瞬く間に絶望感が広がっていた。

自分たちもあのゾンビの一人になるのではないか？

あの世にも行けず怪物としてこの世を彷徨《さまよ》うのではないか？

噂が一人歩きし兵士たちを恐怖の渦に叩き込んでいた。

ある見張りの兵士が泣き言を言った。

「俺たち……あの連中の仲間になるのかな？」

その兵士に歴戦の風格のある男が怒鳴りつけた。

「馬鹿野郎！　よく考えやがれ。犠牲者はむしろ減ってるだろうが。敵さんもどう攻めればいいかわからないのさ」

怒鳴りつけた男は傭兵団の団長だった。

どこにでも腹のすわった男というのはいるものだ。

団長はその傭兵としての経験からわかっていた。

確かに動く死体は気持ち悪いし怖い。

だが動きは緩慢、奇抜な作戦を決行してくるだけの知能もない。

なによりなぜかノーマン軍が攻めてこないのだ。

だとしたら戦いようはいくらでもある。

団長はわざと豪快に笑う。

「がははは！　お前さん。子どものころ、お化けが怖くて小便しに外に行けなかったタイプか！」

そのまま兵士の背中をバンバン叩く。

「そんなことはねえけどよう」

兵士は団長に上目遣いで言った。

「がははは！　本物のお化けを見たんだ。これからは怖くねえな」

それを見て他の兵士もぷっと思わず笑ってしまう。

しばらく絶望的な空気が流れていたがそれで少しだけ雰囲気が良くなる。

この団長は人心の掌握術を理解していた。英雄の気質があると言っても差し支えのない優秀な人物だった。

だが団長は理解していた。

もしノーマン軍が死体と共闘したら。

死体を操っているのがノーマン軍だったら。

だとしたらこの砦は終わりかもしれないと。
一方ノーマン共和国軍側もその現象を持て余していた。
死者への冒瀆《ぼうとく》という生理的な嫌悪感は兵の士気を著しく低下させていたのだ。
砦を攻める大隊のテント、その中でも指揮官のテントの中。そこで男が悩んでいた。
六百名の部下を預かるエルドリッチ少佐である。
エルドリッチ少佐も死者への冒瀆に頭を悩ませる一人だった。
エルドリッチは思った。
なにを考えているのだ。
普通の人間の精神というものはこんな非道な行いに耐えられるようにはできていない。
それを強要するのは逆に効率が悪い。
現に兵士たちは死体との共闘に拒否感を感じている。
明らかにこれは人間の心を無視した無謀な作戦なのだ。
だがエルドリッチ少佐にはそれを止める術はない。
なぜならこの作戦の立案者は軍師のゼイン卿の発案である。
エルドリッチから見てもゼインは少なくとも准将よりも発言権があるように見えた。
そんな軍師ゼインに少佐でしかないエルドリッチが逆らうことなどできなかった。
だがどうしてもエルドリッチには納得のできない疑問があった。
それは軍師ゼインの存在そのものへの違和感だった。

エルドリッチにはどうしても思い出せないのだ。

ノーマン共和国の指揮系統には軍師という階級はなかったはずだ。

外部のオブザーバーや分析官はいるが決定権はないはずだ。

それにエルドリッチ少佐は軍師などという階級がいつ作られ、いつゼインが就任したのかまったく憶えてないのだ。

少なくともそんな人事があれば事前に耳に入ってきて内部で賛成派か反対派に属することを求められたはずだ。

しかしエルドリッチには内部闘争の記憶も、当然あるはずの就任式の様子も内部向けの通知の記憶もないのだ。

それに考えれば考えるほどわからない。

いったいゼインは何者なのか?

どうやってあれほどの死体を操っているのか?

考えれば考えるほどわからない。

いやそれよりも、なによりも一番恐ろしいのはゼインの存在に疑問を抱かない上官たちだ。

どうして誰も軍師に疑問を持たない?

エルドリッチは悩みながら報告書を書いていると声もかけずに設営したテントに男が入ってくる。

エルドリッチはその失礼な態度にやれやれと呆れたがあくまで笑顔でいることにした。

「これはこれは軍師殿。ご機嫌麗しゅう」

エルドリッチの挨拶に答えることもなく早足でセカセカと入ってきたのは栗色の髪をだらしなく伸ばし、よれよれの軍服を着た軍人らしくない男だった。

どうにもだらしなく覇気もない。

この男が下級兵士なら怒鳴りつけてやるところだがエルドリッチはあくまで笑顔を絶やさなかった。

なぜならこの男こそ軍師のゼインなのだ。

ゼインはエルドリッチをギロリとにらむ。

傍目《はため》にもイライラとしているのがよくわかる態度だ。

ゼインがイライラしているのはいつものことだった。

おそらく人間が嫌いなのだろうとエルドリッチは思っている。

こういう人間は多い。いちいち相手にしてはいられない。だからエルドリッチは軍師のあまりに失礼な態度にも我慢した。

ゼインはそんなエルドリッチの考えを読んだようにもう一度にらんだ。

「軍師殿。いかが致しましたか？」

ゼインはここでようやく口を開く。

「この無能が。はやく砦を落とせ」

無能と言われてエルドリッチは内心はらわたが煮えくりかえっていたがあくまで笑顔で対応する。

「そう言われましても皆疲弊しておりまして……あの動く死体を皆が恐れております」

「これだから愚図どもは」

軍師はさらにイライラとする。

「軍師殿のあまりにも高い位置にあるお考えは我々のような凡人には推し量ることもできません。愚図を動かすのが軍師殿の器量でございます」

端的に言うと「兵士が怯えてんだろ。だったらてめえが兵士を動かしてみろよ」と、いう意味である。

エルドリッチに許される最大限の嫌味であった。

「わかった」

ゼインが突然そう言った。

「なにがでございましょうか？」

エルドリッチがあくまで笑顔でいるとゼインがエルドリッチの前で手を広げた。

「お前には失望した。お前は見所があると思って魔法をかけないでやったが失敗だった。お前もやはり他の人間どもと同じだった。我の傀儡《くぐつ》になるがいい」

ぱつん。

突如としてエルドリッチのいたテントの明かりが消えた。

それは明かりが消えたのではなかった。

エルドリッチ自身が意識を永遠に失ったのだ。

だがそれを本人が理解する機会は永遠にやってくることはなかった。

「まったく不味《まず》い魂だ」

ゼインは吐き捨てた。

ゼインはエルドリッチの魂を魔法で体から抜くと、その不幸ごと平らげてしまったのだ。

だがエルドリッチの肉体は死してはいなかった。

ゼインは魂の消えた肉体に命令する。

「さてエルドリッチ。戦え。お前ら愚図な人間が苦しめば苦しむほど我の力は増大する。殺し合え、蹂躙しろ、汚らしく、惨めに」

ゼインの言葉を聞いてエルドリッチは魂の存在しないうつろな表情で答えた。

「はい。ゼイン様のご意志のままに」

「ふん愚図が」

ゼインは吐き捨てた。

何を隠そうゼインこそ封印されていた悪魔だった。

戦争の犠牲者の血を使い封印を解いた元人間の悪魔なのだ。

ゼインには人の不幸が必要だった。

ゼインを封印したあの美しい悪魔に復讐するために全ての人間を抹殺し悪魔も餓死させてやるのだ。

そのためには大量の不幸。

それと効率的な不幸の収集が必要だった。

ゼインは知っていた。

不幸を収集するには戦争の長期化、泥沼化が一番効率が良い。

だが人間は普通に戦わせても決して全滅はしない。

人間の本能がなせるのか、それともただ単に薄汚さゆえか必ず何割かは生き残るのだ。

だからこそゾンビを作り恐怖に震えた人間と戦わせ効率的に兵士の精神を疲弊させようとしたのだ。

それなのに人間はあくまで言うことを聞かない。

まるで生きていた頃と同じだ。

かと言って洗脳を繰り返せばその分の不幸の収穫量が減る。

ゼインは人間という生き物の面倒さにイライラとしていた。

「今度こそ全ての人間を支配してくれる」

ゼインは独り言を言うと両手を挙げた。

暗い闇がゼインを覆う。

「我が眷属《けんぞく》よ。人間どもを蹂躙しろ！」

ゼインがそう言うと外から悲鳴が上がる。

「くそ！　死体が入って来やがった！」

「なんてことだ！　早くバリケードを修理しろ！」

「盾で押し戻せ！」

その悲鳴を聞きながらゼインは嗜虐的にニヒルを気取って笑った。

レンズ豆のビーンペースト

クリスタルレイクはてんやわんやの大騒ぎになっていた。

アイリーンたちは食料を確保するためにアッシュの農園の収穫をすることにした。

だがクリスタルレイクは人が少なすぎて充分な作業員を確保することができない。

しかたなく悪魔の存在が発覚するリスクがあることを承知で近隣の村や集落から村人を集めた。

さらに戦地に物資を運ぶために傭兵も呼んだ。

作業をする村人が怯えるのでアッシュは裏方にまわった。

お茶出しやレベッカの世話など裏方でも仕事はたくさんあるのだ。

アッシュはキッチンで村人へ出す食事を作っていた。

パンは人数分用意したのでアッシュの仕事はスープ作りである。

アッシュは大量の皮なしレンズマメを洗っていた。

皮なしレンズマメは大量のアクが出るため何度も洗わなくてはならない。

なのでアッシュもきちんと洗っていた。

レベッカはそんなアッシュによじ登ると首にしがみつきながら作業を眺めている。

「にいたん。お豆さんでなにを作るんですか？」

「うーん。とりあえず豆のスープかな？　それと甘く煮てビーンペーストを作ろうと思う」

「ビーンペースト？」

「パンにつけて食べるんだ。甘くて美味しいぞ」

「うわーい♪」

いわゆるレンズ豆のあんこである。

レベッカは甘い豆の味を想像して尻尾をふりふりしていた。

そんなほのぼのとした二人に背後からこれまた優しく声をかけるものがあった。

「お手伝いいたしましょうか？」

声をかけたのは騒動の元となった悪魔、瑠衣である。

瑠衣は今回はいつもの執事服ではなくシャツにエプロン姿だった。

「あ、瑠衣お姉ちゃん」

「こんにちはレベッカ様」

悪魔である瑠衣はあくまでレベッカには触れようとしない。

レベッカもそれをわかっているので手と尻尾を振って挨拶をする。

「お料理できるんですか」

悪魔の食料は不幸だ。

料理を作る必要はない。

「もちろん。これでも人間の王に仕えるために百年以上人の街で暮らしてましたので。人間の子を育てたことだってあるんですよ」

どうにもこの悪魔の前歴には謎が多い。

それでもアッシュは普通に接する。

「じゃあすいませんがレンズ豆の洗いをお願いします」

もうアッシュの中では瑠衣は友達なのだ。

「かしこまりました」

瑠衣はにこりと微笑むとレンズ豆を洗う。

泡がどんどん出てくるので瑠衣は何度も洗う。

その手つきはなれたものだった。

安心したアッシュはスープ作りに取りかかる。

そんなアッシュに瑠衣は話を切り出した。

「それとアッシュ様。悪魔ゼインが封印の結界を壊しました」

「悪魔ゼイン?」

「ええ、この国はあちこちに悪魔を封じてあります。悪魔ゼインは封じられていた悪魔の一柱です」

(なんで悪魔を封じるのだろう?)

アッシュには彼らに危険性があるようには思えない。

「どうして封じているんですか。仲間でしょう?」

アッシュが聞くと瑠衣は今度は苦笑した。

アッシュはその態度から逆に嫌なことを言っているのだと理解した。

「我々は捕食者という関係上、人間とは細く長くお付き合いをしたいと思っております。ですが一部の悪魔はそれに反対しました。彼らは人間の国家を滅ぼして人間を家畜として悪魔の管理下に置こうと主張したのです」

アッシュはさすがにそれは嫌だなあと思った。

「それで戦いになったということですか……」

「ええ。彼らの言うとおりにしたら人間の文化の進歩は止まってしまうでしょう。我々には人間のような創造性はありません。人間の文化がなければ我らはその長い生に飽きてしまいます。楽しみのない生など生きているとは言えません。絶望を抱いた悪魔はどうなるかわかりますか?」

「自殺する?」

人間と同じだろうとアッシュは考えたのだ。

「残念ながら自分自身でやっても我らは死ねません。自分では聖属性での攻撃もできませんし。ですが自ら絶望を抱いた悪魔はだんだんとその存在が世界に溶けていきます。本当に薄く小さくなっていくのです。そしていつしか消えてしまいます。幸せを失ったドラゴンと同じです。人間の進歩が止めば我らもまた文化が停滞しゆっくりと滅びに向かうことでしょう。そういう意味でも我らは人間に依存しているのです」

つまり人間と仲良くできない悪魔は全体のためにならないのだ。

アッシュは納得した。

「なるほど。それで封印したんですか」

「ええ。彼らの中でもとりわけ危険なものを初代クルーガー皇帝とともに封印しました」

「その悪魔が復活したと」

瑠衣は困ったという顔で答える。

「その通りです。そしてアイリーン様のこのたびの呼び出しはゼインの復活に起因しています。お父上がゼインと遭遇したのでしょう」

「ゼインというのは何者なんですか？」

「元人間の宮廷魔道士です。失われた秘術で自ら悪魔になった男です」

「なにか弱点はありますか？」

アッシュは弱点を聞いた。ゼインと戦おうというのだ。

アッシュの心には恐れなどなかった。

「弱点らしい弱点はございません。しいて言えば社会不適合者というくらいでしょう？」

「社会不適合者？」

悪魔の言葉とは思えない言葉である。

「人間の社会で生きていけなくて悪魔になったが悪魔の社会にもなじめず……人間から悪魔になった輩にはよくある話です。彼らは我々悪魔に勝手なイメージを持っていまして……悪魔のことを人間の上位種だと思っているのです。我らは人間がいなければ存在すら許されないというのに」

「でも優秀なんですね？」

優秀なわりに抜けている。

それはどうにも不思議な感覚だった。

「ええ。人間としても悪魔としても格別に。ですが迫害されてきたのでしょう。その性格はどうしようもなくねじれて歪《ゆが》んでいます」

要するにコミュニケーション能力に致命的な問題があるということである。

「あ……ああ。たまにいますね、そういう人。そ、それでゼインは魔道士なんですよね。どういった魔法を使うんですか！」

自分もあまりコミュニケーション能力が高くないと思っているアッシュがあわてて話を変えた。

瑠衣がそれを見てクスクスと笑う。

瑠衣はちゃんと理解していた。

アッシュは顔が怖いだけで、その性格は思いやりがあるし包容力もある。

コミュニケーション能力が低いわけではない。

戦場の伝説も本人をよく知った上で考えると、アッシュをからかうネタがいかつい顔のせいで暴走したのだろうとも思える。

だから瑠衣はアッシュが気にしている顔やコミュニケーション能力には一切触れず魔法について答えた。

「特に死体を操る術に関しては右に出るものはいません」

「なるほど。ネクロマンサーか。厄介だな」

アッシュは傭兵時代にアンデッド狩りに何度も参加している。

だからネクロマンサーの厄介さを知っていたのだ。

「厄介です。しかも人を殺せば殺すほど魔力が強くなります。悪魔になったゼインはネクロマンサーでもあり、死体の数にほぼ制限はありません。……さて、洗い終わりました」

「あ、はい」

アッシュは瑠衣からレンズ豆を受け取ると半分を鍋に入れる。

もう半分を別の鍋にあけ浸る程度の水を入れそのまま熱する。

「温めるとさらにアクが出るからアクを取りながら煮るんだ。柔らかくなったら砂糖を入れて煮詰めて完成だ」

「ふあぁ。楽しみです」

レベッカが尻尾を振る。

「美味しそうですね」

瑠衣がアッシュに笑顔を向ける。

「美味しそうですね」

二度言う。『よこせ』という意味だ。

アッシュはクスクスと笑う。

「瑠衣さんの分もあります」

「ありがとうございます」

上機嫌の瑠衣は鼻歌まで歌う。

アッシュは作業に戻る。

しばらくは二人とも無言で作業をしていた。

キッチンにコトコトとスープの煮える音が響く。

「……あの」

先に口を開いたのはアッシュだった。

「なんでしょう?」

瑠衣はわざとらしく聞いた。

アッシュが次に何を言うかだいたいわかっているのだ。

「手伝ってもらえます?」

それだけで瑠衣には通じた。

瑠衣はニコニコとする。

「しばらくぶりにドーナツをいただきたいと思っておりました」

どうやら瑠衣の好物らしい。

あきらかな要求である。やや脅迫も入っている。

でもあいにくアッシュは頼られるのが嫌いじゃないのだ。

「わかりました。作ります」

「ありがとうございます」

瑠衣は機嫌がよくなる。

「うわーい♪　ドーナツドーナツ！」

レベッカも一緒になって喜んだ。

「では瑠衣さん。アイリーンたちを守ってください」

アッシュははっきりと言った。

「この命に代えても」

瑠衣の返事を聞くとアッシュはにこりとした。

その時なぜか瑠衣はぞくりとした。

「瑠衣さん。……少しだけ常識外れの攻撃をしますのでお願いしますね」

瑠衣は思わずアッシュの顔をのぞき込んだ。

アッシュは今まで見たことのないような表情をしていた。

その表情を見て初めて瑠衣はアッシュという人間がただ者ではないことを理解した。

なぜならアッシュは……笑っていたのだ。

「瑠衣さん。くれぐれも怪我をしないでくださいね」

静かにアッシュは笑った。

静かなのに心臓を握りつぶされたかのような圧迫感がある。

なのにもかかわらず首にしがみついたレベッカはキャッキャッと笑いながら尻尾を振っている。

瑠衣だけに圧力をかけたのだ。

そのアッシュの迫力に瑠衣はゾクゾクとしていた。

やはりこの人間こそ初代皇帝の血族。魔族の救世主なのだ。

後世、この戦いの記録としてある書類が見つかる。

そこには最強の傭兵との会談とその弱きものを助けるという高潔さが明らかにオーバーな文体で記されていた。

そして最後に『レンズ豆のビーンペーストたいへん美味しゅうございました』との書き込みもあった。

アイリーンの過去とアッシュの誓い

準備が終わり、日の出とともにアイリーンたちは出発することに決まった。
アイリーンは最後にクリスタルレイクのあちこちを見て回る。
屋敷はごく最近を除いては一番幸せだった子どものときの思い出だからだ。
子どもの頃に友達と一緒に行った湖畔。
背が高くて迫力のある顔をしているのにやたら面倒見の良い少年……
いや、うすうす少年が誰かはわかっていた。
「アイリーンお姉ちゃーん！」
小さい生き物がぴょこぴょこと一生懸命走ってくる。
そのままぴょこんとアイリーンに抱きついてくる。
「あはは。どうしたレベッカ」
アイリーンはレベッカを抱っこする。
アイリーンはもうこの小さなドラゴンにメロメロだった。
だけどもう会えないのだ。

そう思うとアイリーンは悲しくなった。

レベッカもそれは同じだった。

「なんで行っちゃうのー？」

レベッカは目に涙をためていた。

「仕事があるんだ」

「帰ってくるの？」

はっきり言って生還するのは難しいだろう。

「ああ？　ああ。帰ってくるぞ」

アイリーンは少し泣きそうになった。

こんなにもストレートに純粋な好意を向けられたのはいつ以来だろうか？

「やだ！　いなくならないで」

レベッカはアイリーンにしがみつく。

アイリーンもレベッカを抱きしめる。

「どうしても行かなきゃならないんだ。私の父親が待ってる」

アイリーンは父親のパトリックとは心理的距離が遠い。

これは貴族の家庭にはよくあることだ。

アイリーンを直接育てたのは乳母や姉たちだった。

今となっては乳母は他界し、姉たちも嫁に行ってしまった。

まるでアイリーンは家で『お客さん』のような扱いを受けていた。
決して下には扱われないが、家族としては扱われない。そんな立場だった。
騎士のまね事をしてからも決してそこが居場所になることはなかった。
ベルだけは例外だが彼女も似たような立場だ。
実の父親は年に数回会うか会わないか。
母親の方は早くに死んでしまい顔も覚えていない。
だから親という存在に責任感はあっても情はそれほど感じない。
だがアイリーンは末席とは言え貴族の一族なのだ。
臆病者の兄たちや嫁に行った姉たちの代わりに家を守らねばならない。
それが責任というものなのだ。
「やだやだやだやだやだ！」
レベッカがわがままを言った。
アイリーンは困ってしまった。
アイリーンは貴族でありながら根無し草のような人生を送っていた。
自分の居場所というものがなかったのだ。
家でも騎士団でもアイリーンは『お客さん』でしかなかったのだ。
それがとうとう最後の最後に『家』を見つけてしまったのだ。
レベッカを守らなければならない。

だからアッシュのことはあきらめねばならない。

だけどこのときだけは別れを惜しんでもいい。

アイリーンは無言でレベッカをなでる。

するとアイリーンの体へ大きな影がさした。

「アッシュ殿か」

アッシュはケーキ屋のプレオープン時のように騎士風に髪をまとめて小ぎれいな格好をしていた。

悲しそうな顔をしている。

アッシュの顔になれた最近ではアイリーンは乏しいと見られがちなアッシュの表情が意外に多彩なことに気づいていた。

「別れなんかじゃない」

アッシュははっきりと言った。

「俺が助ける」

その姿にアイリーンの記憶が思い出された。

それは子どもの頃の記憶。

アイリーンは小さな子どもだった。

まだその頃はアイリーンは身分も孤児院も知らなかったし、子どもどうしだったらすぐに友達になれた。

だから毎日のように護衛をまいて教会に行き、子どもたちと泥まみれになって遊んでいた。

アイリーンが泥まみれになってもそれを咎めるものはいなかったし、護衛もそのうち泥まみれになって帰ってくるお嬢様が普通になり上に報告もしなくなった。

アイリーンは毎日が楽しかった。

だけどある日それは唐突に終わる。

「ぐるるるるるる」

犬の形をした黒い影が歯を剝《む》き出しにして唸《うな》っていた。

それはヘルハウンド。いわゆるモンスターと言われる存在だ。

アイリーンと一緒にいた女の子は震え上がった。

それは安全なはずの教会の庭だった。

突然それは現れたのだ。

アイリーンは自分の後ろに自分より小さい子を隠してかばう。

そしてヘルハウンドを睨み付ける。

本当は恐ろしかった。

だけど勇気を振り絞って必死に守っていた。

ヘルハウンドの身が一瞬沈む。

来る！

「ぐるぁッ！」

ヘルハウンドが顎《あぎと》を開きアイリーンたちへ飛びかかった。

アイリーンは死を覚悟し目をつぶった。

なるべくなら痛くないようにと祈りながら。

「きゃいんッ！」

だが痛みの代わりに聞こえたのはヘルハウンドの悲鳴だった。

それは大きな手だった。

それがヘルハウンドの顔をつかみあげ、いわゆるアイアンクローをしていたのだ。

「大丈夫か？」

背の高い男の子だった。

教会の孤児院でもお兄さんとして小さい子の世話を焼いている男の子だ。

普通の男の子の……はずだ。

「きゃいんきゃいんきゃいんきゃいん！」

その普通の男の子は魔物の顔を片手でギリギリと圧迫していく。

そして男の子は言った。

「めっ！！！」

いやちげえだろ！　そうじゃねえだろ！　おかしいだろが！

それはアイリーンの魂の叫びだった。

今思えばそれがアイリーンがツッコミに目覚めた瞬間だった。

男の子はヘルハウンドを解放する。

するとヘルハウンドはあろうことかひっくり返ってお腹を出した。

その尻尾は千切れそうなほどブンブンと振っている。

幼いアイリーンの目にもそれが命乞いであることは明白だった。

「もうダメでしょが！　人間を襲ったら『めっ』だよ！」

男の子は小さな子に言い聞かせるようにヘルハウンドを叱った。

「きゅ、きゅいーん、きゅううううん」

ヘルハウンドは男の子に露骨に媚《こ》びている。

先ほどアイリーンたちに牙を剝いたのと同じ生き物とは思えない。

「もう人を襲ったらダメだよ」

「くうーん」

ヘルハウンドは尻尾を丸めていた。

「わかったら行ってもよし！」

「きゃん！」

そう言うなり尻尾を丸めたヘルハウンドは逃げていく。

はたしてこの男の子は人間なのだろうか？

アイリーンは失礼なことを考えていた。

だが男の子はしゃがんでアイリーンと同じ目線になるとそっと頭をなでた。

「よく小さい子を守ったね。すごく勇気があるいい子だ」

あまりほめられなれてないアイリーンは顔を真っ赤にする。
なんだか恥ずかしかったのだ。
でも男の子は気にせず優しい言葉をかける。
「怖かったろう。一緒に帰ろうな」
そう言って片手で小さな子を抱っこすると、もう片方の手でアイリーンと手をつなぐ。
その手がなんだか温かかったのをアイリーンはおぼえている。
その日からはアイリーンは少年につきまとった。
まるでカモの親子のように少年の後ろをついて回った。
アイリーンは少年のように強く、そして優しくなりたいと強く思ったのだ。
その秘密をどうしても知りたかったのだ。
だからいつまでも後ろをついて回ったのだ。
でもある日それは唐突に終わった。
家の財務状況が悪化し別荘を引き払うことになったのだ。
その時は大泣きした。
最後は物理的手段で引き離されたほどだ。
それほど男の子と一緒にいるのが楽しかったのだ。
そして現在のアイリーンは自覚してしまった。
その男の子こそかつてのアッシュなのだと。

まるで初恋の思い出じゃないか！

現在のアイリーンは顔を真っ赤にした。

「うん？　どうした？」

アッシュが聞く。

なぜかアッシュのその顔が、悪魔より三割増しで恐ろしいその顔が……美しく見えたのだ。

なんでだーーー！！！

ねえよ！

ないからな！

アイリーンは全力でそれを打ち消そうとする。

「変だぞ？」

「い、いやなんでもない」

そう言いながらもアイリーンの顔は真っ赤だった。

そしてアイリーンは決心する。

（ベル……すまん）

「アッシュ殿、しゃがんでくれ」

「あ、いいけど」

アイリーンは深呼吸をする。

すーはーすーはー。

そして意を決した。

アッシュの顔に自分の顔を近づけ……

「な！」

アッシュの頬に口づけした。

どうにも男性との交際経験がないアイリーンにはそれが限界だったのだ。

「安心しろ。私は戻ってくる！」

アイリーンはふっきったように微笑んだ。

そしてアッシュもアイリーンに言う。

「絶対に守る」

それが気休めか本気かはアイリーンにはわからなかった。

だがなぜか心は晴れ晴れした。

筋肉は突き進むよどこまでも。

アイリーンたちは日の出とともに出発した。

それを見送ってからアッシュは収穫の終わった中庭でアイリーンたちが置いていった残りの武器をあさる。

ちなみに『廃棄』と書かれた箱をアッシュはあさっている。

悪魔に没収された貴族の黒歴史箱である。

首には落ち込んで尻尾を丸めたレベッカがしがみついている。

アッシュは箱をあさる。

指輪がいくつもある。

アッシュは指輪の一つを指にはめる。

そして指に精神を集中させ魔力をこめる。

指輪が魔力を吸っていくのがわかる。

充分な魔力を吸った指輪がアッシュにだけわかるように淡く光る。

アッシュは指輪をはめた指を軽くはじく。

炎の力が感じられた瞬間、収穫の終わった農園の土が爆発する。

爆発で土の柱が立つ。

「なるほど。爆発か」

アッシュは爆発の魔法がかかった指輪を指にはめる。

アッシュ自身は魔法を習ったことがない。

だがなんとなく拳に聖属性をまとう程度……規格外と言えるほどの魔法への素養がある。

さらに異常に小器用なためマジックアイテムを一通り使いこなせるのだ。

アイリーンには聞かれなかったので黙っていたのだ。

次にアッシュは別の指輪を取り出す。髑髏《どくろ》をかたどった悪趣味な指輪だ。

「暗殺用の呪いの指輪か。いらない」

呪いの指輪を箱に戻す。

実はアッシュはある程度の鑑定もできる。

金額はわからないがそれが良いものか邪悪なものかはわかるのだ。

こうして指輪を分別していく。

指輪はそれほど多くなくていい。

なにかのための保険だ。

結局アッシュは爆発と風の指輪を持っていくことに決めた。

指輪を選び終わるとアッシュはレベッカに声をかけた。

「大丈夫。お姉ちゃんは助けにいく」

アッシュは真面目な顔をして言った。

「にいたん！」

レベッカはぱあっと笑顔になって尻尾を振る。

「レベッカが手伝ってくれたからお姉ちゃんがどこにいるかわかった。偉いぞ」

実はレベッカはアッシュに言われてアイリーンの荷物へマジックアイテムを忍ばせていた。物の居場所を知らせる札である。盗難防止用なのだろうが使われず百年以上経過してしまって持ち主がこの世を去ってしまった物だ。

「あい！」

レベッカはいい返事をした。

「お姉ちゃんを迎えにいくけどいい子のレベッカはお留守番できるかな？」

小さな子は戦場に連れていきたくない。アッシュはちゃんと常識をわきまえているのだ。

「……あい」

レベッカはしょぼーんとうなだれる。

「メグお姉ちゃんに遊んでもらってね」

残念ながら瑠衣もいないため幽霊メイドのメグが子守役だ。

だがそれでもレベッカは喜んだ。

「あい！」

一緒にいる人がいたせいかレベッカの顔がぱあっと明るくなった。

尻尾もぴるぴると振っている。

「さあて次行くぞ」

「あい！」

レベッカもシャキッとする。

アッシュは今度は武器をあさる。

主なものは剣だった。

アッシュはため息をつく。

前線に出たことのないものほど剣を使いたがる。

間合いの広い槍や大斧の方が怪我をしないですむ可能性は高い。

アッシュは中にある刀身の黒いマチェットを取り出して腰につける。

実用的な品と判断したのだ。

そして残った剣を抜いていく。

そしてため息をつきながら剣を箱に戻していく。

あとに残った剣はやはり使い物にならないものばかりだ。

もちろん全ては名工の作である。

切れ味は鋭く魔力も高い。

だが戦場で使うには耐久力に難があるくせに豪華で無駄な飾りだらけで使い物にならない品ばか

りだったのだ。

これだったら聖属性の拳で殴った方がマシだ。

そして箱の底にあるものを見つけた。

それは刃の部分に鎖がついた異様な大剣だった。

鎖には小さな刃がついている。

アッシュは魔力をこめた。

甲高い音がし、激しい勢いで本体にそって張られた刃のついた鎖が回転する。

「わあ。なんかすごいですね」

「これはたぶん木材加工用か……」

実は木のモンスターを倒すために作られた品なのだがそれをアッシュは知らない。

いわゆるチェーンソーである。

それは大型モンスターを倒すために開発された品だった。

そのためチェーンソーというには異常なほど大きく、無駄な駆動部分があるためバカげた重さになっていた。

人間が使うには重すぎてアイデア倒れの品だった。

だがアッシュが使うにはちょうどよかった。

「面白い」

アッシュはチェーンソーの動作を止めると床に置いた。

さらにアッシュは何か使えるものはないかと箱を調べる。

そこでアッシュはあるものを発見する。

それは仮面だった。デザイン的にはホッケーマスクに近い。

顔につけてみると目にアイリーンのいる方向に赤い三角が見えるようになった。

三角の下には数字が書かれている。どうやら距離を表しているようだ。

荷物に忍ばせた札の位置が見えているようだ。

どうやら使っている補助魔法を知覚する道具のようだ。

「これは便利だな」

アッシュは仮面をちゃんと装着する。

鏡を見たらあまりな外見に卒倒していたかもしれない。

だがレベッカは喜んでいる。

「にいたんかっこいいです♪」

ドラゴンの美的感覚が悪魔と同じように怖いか否かである可能性は高いがアッシュはそれに気づかず照れていた。

アッシュはレベッカを下ろすと背中にチェーンソーを着用し、腰にマチェットをさした。

ホッケーマスクの穴から殺気にあふれた目が見え、巨大なチェーンソーは一目見ただけで死を覚悟させる。

出会ったら即死亡。それが今のアッシュであった。

すでに取り返しのつかない姿になっているがアッシュはそれに気づいてなかった。

「レベッカ。作戦を言うぞ」

「あい！」

レベッカはシャキッとする。

「アイリーンを追い抜いて現地到達。動くものを全員ぶちのめして終了だ」

どこまでも単純である。

レベッカはアッシュに向かって元気に答える。

「あい！」

「その間、レベッカは？」

「メグお姉ちゃんとお留守番です！」

しゃきーん。

「よくできました」

それは一見すると子どもとのほのぼのとした約束だった。

だが会話の内容はメチャクチャである。

だがアッシュになら充分に可能な計画である。

なぜならアッシュは今まで人間相手に本気になったことがないのだ。

アッシュはニヤリと笑った。

すると敷地に生えている大きな木のもとへ歩いていく。

そして背中のチェーンソーを抜くと魔力をこめる。刃が高い音を立て高速回転をする。

アッシュが横なぎの状態でチェーンソーを木に当てる。

木クズが飛び散り木が削れていく。

半分を過ぎると木が倒れないように片手で木を支える。

大木を片手で。

すでに人類とは違う生き物だがレベッカは不思議に思わなかった。

そこにはツッコミ不在の空間ができあがっていた。

最後まで切断するとアッシュは一言。

「行ってきます！」

と元気よく言った。

レベッカも元気よく見送る。

「あい！　いってらっしゃいです！」

アッシュはレベッカに手を振ると大木を頭の上に掲げる。

「角度よし。風速よし……」

独り言を言うとアッシュは今度は大木をやり投げのように片手で構える。

「ふんッ！」

アッシュの全身の筋肉がミシミシと音を立てた。

力を溜めた筋肉がその力を爆発させる。

膝の筋肉が震えアッシュが一気に走り出す。

ゆうに全長十メートルを超える大木が一瞬しなったと思うと、アッシュの背筋、肩、腕と力を解放し大木が手から放たれる。

まるで弓のようにロケットのようにミサイルのように轟音を放ちながら大木が放たれる。

大木を放り投げただけでも充分異常なことだが、アッシュの暴虐はそれだけではなかった。

大木を放り投げるとアッシュはそのままこの世界に存在しないサイボーグのように走り出す。

アッシュの全身の筋肉という筋肉が震え足の加速へ力を貸していく。

爆撃のようなステップで蹴られた土や砂が粉塵になって舞いあがる。

アッシュの顔が真っ赤になる。

その暴力的脚力の限界スピードに達したのだ。

そしてアッシュは吠《ほ》える。

「だりゃあああああッ！！」

声とともにアッシュは跳躍した。

異常なまでに加速したスピードによってアッシュは砲弾のように上空へと飛ぶ。

アッシュ自身が先ほど投げた大木が見える。

そしてアッシュは大木へ着地する。

アッシュの体に空気が大砲のように打ち付ける。

それにかまいもせずアッシュは大木の上で仁王立ちした。

轟音を上げながら天を目指して大木は突き進んでいく。
大木はあっと言う間にレベッカから見えなくなった。

宇宙《そら》へ……

アッシュを乗せた大木は轟音を上げながら天に向かう。

その速度は音速、マッハの世界に達していた。

アッシュは威力を上げるために高めの角度で投げたため、大木はどんどんと高度を上げていく。

本当なら断熱圧縮の高温で塵も残さず燃え上がり、音速での衝撃波でバラバラになるのだがアッシュのドラゴンライダーとしての力か、それともなんらかの魔術的作用によるものなのか大木もアッシュの装備や服もそれどころかアッシュ自身も無傷のまま飛んでいく。

木の周囲だけが断熱圧縮の高温によって発した炎に包まれている。

まるで爆発したロケットのように天に向かいアッシュを乗せた大木は突き進んでいった。

大木は雲の上をやすやすと越え、高度四十キロメートルに達しようとしていた。

そこは成層圏。

この技は長らく封印した技だった。

それはアッシュ十五歳の頃のある日のことだった。

お偉いさんが「なるべく早く遠くへ移動できる方法はないかの?」と言い出し、アッシュたちをまとめる上司はそれを真に受けた。

それを聞いて面白がった傭兵団の団長がアッシュを推薦し実験したのだ。

その結果は……周囲を塵も残さず壊滅させた。

もちろん実験に関わったお偉いさんたちは「神の天罰が下った」と主張しごまかして全ては隠蔽された。

それ以来、絶対に使ってはいけないと厳命されていた技だ。

アッシュはその枷《かせ》を解き放った。

上昇を続けると風景が変わる。

そこはどこまでも暗い闇、宇宙空間が見えた。

その下には丸い大地が見えた。

アッシュは知っていた。

実体験として知っていた。

自分たちの住んでいる大地が丸いということを。

「そろそろ息が苦しくなる高さだな」

アッシュは独り言を言った。

息が苦しいどころか、そもそも生身ではいられない高度のはずだがアッシュはまったく問題なかった。

アッシュだから大丈夫だった。

これは宇宙を飛ぶこともできるドラゴン種の相棒であるドラゴンライダーの血がそうさせたのか、ただ単にアッシュが化け物なのかは定かではない。

だがアッシュは生身で成層圏もまったく問題がないのだ。

アッシュは大木の推進力が弱ったのを感じ取ると腰を動かし大木の先を大地に向ける。

一回転した大木は重力に、今度は大地の引力に引っ張られ加速をはじめた。

成層圏まで登りつめた速度とは比較にならない加速。

アッシュの張った不思議シールドと空気との境目から断熱圧縮の高温による炎が上がる。

アッシュと大木はたった数秒で燃え上がる巨大隕石……いや、神が放った強大な矢になり大地に向かう。

その日、ノーマン軍約一万人、砦の兵士八百人、そして周辺に住む亜人含む住民約八万人は見た。

空から一筋の炎の玉が落ちてくるのを。

世界の終わりを予感させるほどの轟音を立てながら燃えさかる星が落ちてくるのを。

◇

話は少しさかのぼる。

ゼインは櫓《やぐら》から人間どもを追い詰めていた。

ゾンビとの共闘。

それはノーマン軍の士気をあっと言う間に地にまでおとしめた。

動く死体との共闘という嫌悪感を乗り越えられる兵士はほとんどいなかった。

なにせ動く死体の中にはつい最近まで共に戦った戦友まで混じっていたのだ。

その生理的忌避感、怒り、憎しみは想像を絶するものだった。

帰国してから国に対する不信感として噴出することがすでに予定されているほどのものだったのだ。

もちろんゼインとしては悪意があって仕掛けたものだ。

上層部、特に自分に対する怒りや憎しみを浴びせられるのは極上の酒、その一口目を飲み干すのに似ていた。

芳醇な香りとキレのある味。

種族という壁を乗り越えた絶対的強者だからこその余裕。

完璧だった。

ゼインは悪魔になって、いや人間であったときを加えてもこれほどの生への喜びを感じたことはない。

「憎め！　憎め憎め！　人間よ。俺にもっと不幸を寄こせ！　力を寄こすのだ！」

ゼインは笑った。

もはや指揮官クラスはゼインの駒でしかなかった。

全て洗脳し終わっていたのだ。

兵士はゾンビに見張らせ、逆らうものや逃げるものはその場で、兵士の目の前で容赦なくゾンビに変えた。

兵士たちは自分たちが物扱いされていることを自覚し、その目は死んだようなものになった。

兵士たちは役立たずの集団となったがゼインには関係なかった。

もともと戦場にいるものはどの国の兵士だろうが生きて帰す気はなかった。

長く苦しめて不幸が空になったらゾンビにしようと思っていたのだ。

「嗚呼……どうして我が身は人間を超えたというのに人間どもの苦しみが楽しいのだろうか？」

芝居がかった声でゼインはクネクネと身をよじった。

「我は人間を生け贄とし最強の存在になる！　そしてあの瑠衣を……あの女に復讐を遂げてやる！」

瑠衣とゼインの確執はゼインが悪魔になった直後にさかのぼる。

瑠衣はゼインの指導係だった。

人間という身でありながら魔導を編みだし悪魔へと生まれ変わったゼインはまさしく天才だった。

だから悪魔も有望な人材としてゼインを登用した。

将来の幹部候補として。

だが瑠衣はゼインの性根を見抜いていた。

悪魔でありながら人間を憎むその小さくいびつな心に。

そしてあの悪魔は、瑠衣は本当に悪魔のように冷酷にゼインを封印した。

許せなかった。

瑠衣をではない。

最強の魔道士であったはずの自分の弱さが許せなかった。

人間を超え無敵になったはずなのに手も足も出なかった自分を許せなかったのだ。

だからゼインは人間の不幸を集める。

ありとあらゆる国家を灰に変え人という種を地獄に落とす。

魔力を集め、魔力を練り、死体の軍勢を作り、伯爵……瑠衣に戦いを挑むのだ。

ゼインには封印されている間に考えた大魔術があった。

それが対瑠衣用の切り札だった。

ゼインはノーマン軍の心を壊し、充分な魔力がたまったのを確認するとその大魔術を発動する。

周囲数百メートルにわたって描いた魔方陣である。

ゼインは両手を胸の高さに上げ呪文を唱える。

「この世界の底に蠢《うごめ》く穢れたものたちよ。我が魔力を使い顕現《けんげん》せよ。骸を操り我が意を表せ！」

数百メートルにわたった魔方陣が光り、それを合図としてゾンビたちが魔方陣の中心へわらわらと集まってくる。

集まったゾンビは組み体操のようにお互いを組んで形を作っていく。

それがどんどんと集まっていき、いつしか巨大な肉人形ができあがった。

体長数十メートルの肉人形が立ち上がる。

「ゴーレムとゾンビの技術を組み合わせたこの魔術。これなら瑠衣に勝てる！　我は無敵だ！！！」

ゼインは叫んだ。

一瞬、兵士たちは何があったか理解できなかった。

こんな恐ろしいものを見たことはなかった。

死後もあのようになぶられるなんて理解できなかった。

確かにこの世界では命の価値は水より低い。

だからといって何をしてもいいわけではない。

宗教的な禁忌はいくらでも存在する。

死体を無闇に傷つけない。

アンデッドになる前に焼いてやる。

それがこの世界のルールだった。

それは最低限のルールだったのだ。

そのルールをもってしてもこれは完全に許されなかった。

彼らの常識でも倫理観でも許されないものだった。

それを平然となしえた男の存在に兵士たちは絶望を味わった。

まさに善と悪の対決で悪が勝利した世界。

悪の世紀のはじまりにすら思えたのだ。

「お、終わりだ……俺たちは終わりだ……」

兵士の一人が涙を流した。

「俺たちは神に見捨てられたんだ。俺たちは永遠に悪魔の奴隷になって地獄で彷徨うんだ……」

悪魔が聞いたら怒るであろう台詞を兵士たちが次々と口にした。

瑠衣がその場にいたら「そんなにいりませんよ。我々は小食なのです」と機嫌を悪くすることだろう。

場合によっては生クリームたっぷりのお菓子を賠償として要求するだろう。

だが人間側の地獄の認識はこの程度だったのだ。

一方、ゼインは満足だった。かつてないほどの満足感だった。

人間を絶望させ芳醇な不幸を味わい、瑠衣への切り札もできた。

自分が最強であるとの自信も深めた。

かつてないほどの満足感だった。

確かにゼインは天才だった。

魔術はもちろん。

巨大な兵器を投入して兵士たちの心を折る。

その考え方は正しい。

兵士たちも巨大ロボットと戦わされる一兵卒の気分だろう。

クルーガー帝国の兵士たちもこの恐怖を味わい全滅するのは時間の問題だった。

世界を獲《と》ることすら可能だった。

ただし宇宙世紀クラスの戦術を採用したアッシュの存在という明らかなイレギュラーを除いては。

絶望に震えた兵士たちや周辺住民は見た。

後に『神の槍』と呼ばれる巨大な火の玉が地が揺れるほどの音を出しながら迫ってくるのを。

神の槍

地響きがしていた。

そこにいる誰もが巨大地震のときのように逃げなくてはならないという焦燥感に支配されていた。

「神よ……」

兵士がつぶやいた。

それは大いなる理不尽だった。

眩《まぶ》しいほどの光を放つなにかが空から舞い降りる。

光の後ろには雲の線ができ、まるで光の矢のようになっていた。

兵士たちはどこに逃げるべきかも考えず散り散りに逃げた。

その最中、着陸予定地点の兵士たちを問答無用でつかまえて運んでいく怪物たちがいた。

客観的にその動きを見れば足の遅い人間の避難を手伝っているだけなのだが、兵士たちはそれを見て心の底から恐怖した。

地獄からやってきた怪物の集団が悪に手を貸した自分たちをつかまえにやって来たとすら思ったのだ。

ほとんどの兵士は怪物に捕まった瞬間に意識を手放した。

意識を手放さなかった気丈な兵士もすぐに同じ運命をたどることになった。

光の矢が地上にやって来る。

ちょうど巨大ゾンビの真上だった。

ただ単に大木の軌道をあやつるアッシュにとって大きくて狙いやすかっただけなのだが、それは後に神の天罰として語り継がれることになる。

槍が巨大ゾンビに突き刺さった。

いや突き刺さることすらもゾンビには許されなかった。

人間が知覚できない速度でゾンビを形作る全てはその圧倒的威力に消滅した。

人間側にその瞬間を見たものはいない。

なぜなら着地と同時に起こった衝撃波で塵のように飛ばされたからだ。

そしてまるで洪水のようにえぐれた地面を構成していた土が津波を起こした。

悪魔によって避難させられたものですら衝撃波で飛ばされた挙げ句にその土砂の下敷きになり生き埋めになった。

着地点近くにあった砦の石壁も一瞬で瓦解し石造りの砦の最上階も衝撃波で消え去った。

幸運なことに領主として外に出ていたパトリックは最上階と運命をともにすることはなかったが、それでも衝撃波で転げ回ったり、さらに土砂の下敷きになって生き埋めの恐怖を味わった。

ゼインもまた同じだった。

高笑いしていたその最中に爆発と衝撃で見張り台からかなりの距離を飛ばされた。

人間であれば死んでいたがゼインは悪魔だった。

ゴミのように見張り台から飛び出すと空中で何度も回転した挙げ句、べちゃっと嫌な音を立てて地面に着地、それだけでは飽き足らずわけがわからなくなるほどに地面をゴロゴロと転がりどこからか飛んできた砦の壁に潰されさらにそこに土砂が降り注いだ。

ここまでされながらゼインは敗北を正しく認識できなかった。

アッシュの攻撃が大きすぎて敵に何かをされたという認識すら持つことができなかったのだ。

「な、なんだ。なにがあった！　俺はどうして埋まっているんだ？」

ゼインは人外の腕力で瓦礫をかき分け地上に出る。

地上に現れたゼインの見たもの。それは大きくえぐれた地面だった。

それはクレーターだった。

ゼインはその中心に木が突き刺さっているのを見た。

ゼインはその長い生の中で得た全ての知識でこの状況の説明を考えた。

こういった自然現象は聞いたことがある。

空から石が降ってくる現象だ。

それを人為的に起こす魔法の記録も目にしたことがある。

その魔法に違いないとゼインは結論づけた。

記録では命と引き替えにするほどの古の大魔法だ。

今ごろ魔道士は命を落としていることだろう。

これ程の天才だ。あと十年も生きていたらゼインと同じステージに立てたかもしれない。

悪魔に生まれ変わることだって可能だったかもしれない。

だとしたら惜しいことをした。

この究極の魔道士ゼインをここまで翻弄した天才。

その命を散らすのはなによりもの愚行。

一度会って話をしたかった。

ゼインは心から思った。

もし生きていたらわかり合うこともできたかもしれない。

それほどの男ならこのゼインの右腕になることすらできたかもしれないのに。

と、ゼインには珍しくもはや会うことはないであろう天才魔道士へ心の中で賛辞を送った。

だがこの仮説は全て間違っていた。


問題。今の現象を説明しなさい。

答え。筋肉。

魔法ですらなかった。

だがゼインはそれに気がつかない。

ゼインは喜びに打ち震えていた。

自分には劣るが今まで会えなかった未知の強豪に勝利したのだ。

これこそがかつてゼインの夢見た世界だった。

だが運命とはかくも残酷なものだった。

ふわりと何かが地に降りた。

それは仮面をつけた大男。

少なくとも魔道士にだけは見えない肉体派が舞い降りたのだ。

ゼインは驚愕した。

ゼインのその魔道士としての眼力は男の仮面や奇妙な武器、それに指輪がとてつもない魔力を内包しているのを感じ取ったのだ。

「ま、まさか……貴様が今の攻撃を……」

生きていた。

ゼインの胸がまるで恋に落ちた少年のように高まった。

まさか人間を超える魔道士がいたとは……

ゼインは信じてもいない神に感謝した。

正々堂々とした魔法比べ。

己の頭脳と魔力を駆使した最高の勝負。

それができると打ち震えた。

「あははは。素晴らしい。素晴らしいぞ！　先ほどの勝負は貴様の勝ちだ。我が名はゼイン！　古の大魔道士だ。名を名乗れ若き魔道士よ！　さあ正々堂々と闘おうぞ！」

若人に胸を貸してくれる。

ゼインは張り切った。

それに対してアッシュは一瞬「魔道士って誰？」という顔をしたがすぐに名乗りに付き合う。

「クリスタルレイクのアッシュだ。職業は……」

なんだろう？

アッシュは考えた。

農民だろうか？

確かに農民のはずだが実際の作業はまだ収穫しかしていない。

農民を名乗っていいのだろうか？

アッシュは素直に考えた。

あ、そうだ。

そういやアレがあった。

アッシュは大声で名乗る。

「職業はケーキ屋さんだ！！！」

アッシュの答えにゼインは「くくく」と笑った。

こしゃくな小僧だ。そんな安っぽい挑発がこのゼインに効くものか！

頭脳戦を仕掛けられたと思いこんだゼインは喜んだ。

「ふははは！　小僧、その手の安っぽい挑発はこのゼインには効かぬ！　なぜならこのゼインこそ究極の魔道士にして悪魔の頂点に立つ男なのだからな！」

まったくかみ合ってないが双方とも真剣そのものだった。

その直後双方とも沈黙した。

ゼインの目が光る。

ゼインが手を開くと全ての指の先が炎をまとっていた。

「燃えろ！」

ゼインの指にまとった炎がアッシュ目がけて一直線に放たれる。

アッシュはチェーンソーの魔導エンジンの起動レバーを引く。

ワンアクションの無駄があるアッシュに炎が直撃した。

炎が爆発しアッシュが煙に包まれる。

隕石まで使える相手に油断など許されないのだ。

ゼインはもう片方の手を開く。

こちらは氷の魔力をこめてアッシュをいつでも攻撃できるように狙いをすましていた。

高音のモーター音が煙の中心から響いた。

ゼインはニヤリと笑う。

まだだ。こんな程度で終わるなんてもったいない。
煙が完全に霧散する。
その中からチェーンソーをかき鳴らしながらアッシュは悠然と歩き出た。
「あははは。素晴らしい。素晴らしいよ」
アッシュは全くの無傷だった。
それをゼインは確認すると容赦なく氷の弾丸を発射する。
氷の弾丸はアッシュを正確にとらえた。
アッシュへと突き進む氷の弾丸。それはアッシュの肉体を貫くはずだった。
だが発射された氷の弾丸をアッシュはよけなかった。
アッシュの雄っぱいに当たった弾丸はカンッという音をさせて砕けた。
「な、なんだと……魔法による肉体強化だと！」

答え。筋肉。

一度思い込んだ印象はゼインの判断力を歪ませていた。
これ程の力は魔法に違いない。
そう思い込んでしまったのだ。
たとえ認識が歪んでいたとしてもゼインもさるもの。

すぐに頭を切り換え魔法を連射する。

アッシュはそれをまるでサイボーグのように全て受けきる。

カンッ！　カンッ！　と、硬質な金属音が響く。

チェーンソーのモーター音が近づいてくる。

それがゼインを焦らせた。

「クソ、耳障りな！」

ゼインはもう一度火の魔法を放とうと手を広げた。

その瞬間、ゼインの手が爆《は》ぜた。

「な、なんだと……」

爆破された手を見つめる。

手には大きな穴が開き向こう側が見えた。

その穴からはアッシュが指輪をはめた手をゼインに向けているのが見えた。

「こ、ここで指輪を使うだと……」

次の瞬間、ゼインの目に映ったのはチェーンソーを振りかぶるアッシュの姿だった。

ゼインの最後

ゼインの肩口にチェーンソーが食い込む。
人間の姿こそしているがゼインの肉体は悪魔のものである。
血のかわりに黒い魔力を含んだ煙がふきだし霧散していく。
相手が人間であれば心臓がある位置までチェーンソーが食い込む。
その間、ゼインはずっと考えていた。
なぜやつは魔法を早撃ちできたのだ？
どうして自分より早かったのだ？
それはゼインにとってはとても重要だった。
そして答えを導き出した。
そうか。
魔力をためていたのだ。
やつは早く重い一発を撃つために攻撃を受け続けたのだ。
そして素早いカウンターを撃ったのだ。

なんという男だ。

ゼインは驚愕した。

肉体強化をしたからといって痛みや恐怖は軽減されない。

そのリスクを取ってまでも勝利をつかむことを選んだのだ。

人間の精神力を超えている。

だがゼインは罠におちいっていた。

アッシュは魔道士ではないし指輪による魔法以外、全ての攻撃は物理である。

ゼインはアッシュを魔法使いだと思い込んでいた。

こんな強力な攻撃が物理攻撃のはずがないと思っていたのだ。

この思い込みという罠にゼインはおちいっていたのだ。

極限まで鍛えられた筋肉は魔法と区別がつかない。

この罠にゼインは勝手に入り込んでしまっていた。

だがゼインはそれはそれで幸せだった。

すでにゼインの中では、アッシュは自分と肩を並べるほど（それでいてほんの少しだけゼインより格下）の大魔道士でありライバルという位置にいたのだ。

微妙にプライドの高さが見え隠れする。

だからゼインは禁じ手を使うことにした。

霧散していく魔力の煙が突如として別の形を作り出す。

人間の形だったゼインは霧散し大きな怪物が現れる。

それは基本的な造形は骸骨そのものだった。

少なくともアッシュの数倍、消滅させられたゾンビを使った巨大なゴーレムと同じ大きさの骸骨であるが、明らかに人間よりも肋骨と背骨の数が多く胴が長い。

異常に長い手足は何本もあり、どこかその姿は百足《むかで》を連想させた。

骨だけだというのに強烈な不快感を感じる怪物だった。

「若き大魔道士よ。このゼイン、我を二度までも破るという人間を超えるほどの魔力に賞賛を禁じ得ない。貴様へのはなむけとして我が真の姿で引導を渡してやろう」

客観的視点で見ればアッシュにまったく歯が立たなかったのだが本人は大真面目だった。

まだ変身を一つ残している。悪魔なら人間が勝つことはできない。

固定された観念がゼインの世界の全てだったのだ。

アッシュは何を言ってるんだろうと疑問に思ったがゼインが真剣な様子だったので話を合わせた。

アッシュは優しく、そして壊滅的にツッコミスキルがないのだ。

「かかってこい」

アッシュはチェーンソーを上段に構えた。

ゼインはアッシュに言い放つ。

「我は人を超えた身。まさか卑怯とは言わせぬぞ！」

成層圏から攻撃を加える人外に卑怯もクソもない。

ゼインは百足の足ほどの数もある全ての手に剣や斧など様々な武器を出現させる。

自分の中で勝利を確信したゼインは大声を出した。

「さあ、戦うぞ！」

ゼインが剣の一つでアッシュに斬りかかる。

それをきっかけにモーニングスターやハンマーなど様々な武器を持つ手が次々と襲いかかる。

「ははははは！　どうだ反撃をする余裕は与えぬぞ！」

アッシュはチェーンソーでゼインの攻撃をいなしていく。

「ふははははは！　ただ防御していては我に勝てぬぞ！」

確かにそうだ。

素直にアドバイスに従ったアッシュはチェーンソーで全ての攻撃を思いっきり打ち付けパリング。

全ての攻撃をはじき飛ばしてゼインの体勢を崩すと片手をチェーンソーから離す。

そして拳を思いっきり振りかぶり殴りつけた。

アッシュの聖属性をまとった拳がゼインの百足のように長い胴体のその中心、胸骨を打ち抜いた。

明らかな質量差。

アッシュの行動は風車に突撃するかのごとき愚かな行動だった。

ゼインもあえてよけようともしなかった。

だが結果はゼインの想像を超える。

大砲を撃ったときのような音が響き、ゼインの巨体が空を飛んだ。

アッシュに殴られた箇所が粉々に壊れ空中で消滅していく。

だがそれはゼインのごく一部分だった。

ゼインは空中でくるりと回転するとアッシュへ剣を向ける。

アッシュへ炎の弾丸が発射される。

「ふん!」

アッシュは裏拳で炎を弾く。

炎は地面にぶつかると爆発した。

それを見るまでもなくゼインはその表情に乏しい髑髏を嬉しそうに歪めた。

「かかったな!」

空中でゼインの無数にあるアバラが開いた。

槍のように尖った肋骨をつきだしたゼインがアッシュへ降りかかる。

アッシュは腰のマチェットを抜くとそのままゼインへ放り投げる。

成層圏まで大木を投げることのできるアッシュにより放たれたマチェットがゼインの武器である肋骨、そしてその後ろにある脊柱を粉々にしていく。

情けなくも二つに千切れたゼインの下半身が地面に落下し、マチェットの衝撃で打ち上げられた上半身はくるくると空中で回っていた。

アッシュはチェーンソーを両手で握ると飛び上がった。

空中で必死に体勢を整えようとするゼインはアッシュが自分に飛びかかってくるのを見ていた。

ゼインは何本もある手を必死に動かしアッシュを追い払おうとするがすでにゼインにはその力は残されていなかった。

ゼインは悪魔になってまで追い求めた魔導の終焉を予感した。

ゼインは自分の思い違いを、アッシュと自己との間に存在する圧倒的な実力差を認めた。

瑠衣と過去の自分との間にあった実力差どころではない。

それはもっと恐ろしい、もっと絶望的な差だった。

ゼインは天才だった。

そしてゼインの実力なら大気圏突入もいつの日にかなしえることができただろう。

だがゼインは常識に囚《とら》われすぎていた。

成層圏からの神の槍や筋肉による絶対防御などはゼインには思いつかないアイデアだった。

ゼインは小さくまとまっていたのだ。

それこそがゼインに限界を作り出し、その身を敗北に導いた原因だった。

ゼインは発想、その人としての大きさでアッシュに負けていたのだ。

「そうか……我こそが……おろか……だった……のか」

チェーンソーを振り上げたアッシュがゼインの髑髏の前へ現れた。

アッシュはチェーンソーをふり下ろした。

ゼインは火花を散らせながら頭から真っ二つに切り裂かれていく。

ゼインは敗北を受け入れた。

完敗だった。いや、勝負にすらなっていなかった。
だが最後に一矢報いようとゼインは考えた。
ゼインは体内の全ての魔力を練る。
ゼインはさらに残った体を小さく小さく丸く畳んでいく。
ラグビーボールほどの大きさにゼインはなってしまった。
そして体内の魔力を起動した。
ゼインの魔力はゼインの中で分裂と増殖を繰り返し圧力を増していく。
玉になったゼインは地に落ちると最後の力を振り絞って言った。
「今から我は爆発する。さあそれを止めてみるがいい！」
ゼインは怒鳴る。
その声が終わるのと同時にアッシュは着地しゼインへと走った。
「うおおおおおおおおおおおおおおおおッ！！！」
アッシュはチェーンソーを投げ捨てると踵を踏みならし砂煙を立てながら加速する。
そしてゼインの前に出ると足の筋肉に力をこめゼインに放つ。
ゼインはアッシュのキックによりはるか遠くへと飛んでいった。
それは誰もが考えるがやらないであろう実に単純な手段だった。
ノーマン領内国境近くの街道。
それは万を超える兵士の列だった。

ノーマン軍の増援である。

アッシュが抜けたことによる勝利の連続にノーマン首脳陣はこの機会こそクルーガー帝国との最終決戦のときだと考えたのだ。

今こそクルーガー帝国を滅ぼすのだ。

五千を超えるマスケット兵。

百門もの大砲。

さらには魔道士も用意している。

負けることは考えられなかった。

兵たちは確定された勝利を前に士気を高めていた。

その全員が兵として誇りを持った顔をしていたほどだ。

先導をする楽団が小太鼓を叩きその後ろで大太鼓も続く。

兵士がラッパを吹き、それを合図にマスケット銃を持った兵が歩いていく。

終始グダグダのクルーガー軍と比べてその練度ははるかに高かった。

そんな完全無欠の彼らの上空からなにかが落ちてくる。

それはラグビーボールくらいの大きさの玉だった。

兵士はなんだろうと一瞬だけ疑問に思ったが、近くにいた歩兵が玉を拾うと道の端に投げ捨てると行進に戻った。

だが誰もが気にしないで素通りする中、突如玉が赤くなった。

玉は、「しゅううううう」という音を立てて三回ほど転げる。
そして次の瞬間、激しい光と爆発、それに炎が兵士たちを飲み込んだ。
近くにあった村も森も皆もなにもかもが爆発に飲み込まれていく。
確かにゼイン最後の魔法の威力はそれはすさまじいものだった。
死者重軽傷者行方不明者多数。これを直接の原因とする大量の難民の発生。
それはノーマン共和国建国以来最大の事故だったという。

私たちの家

アイリーンは焦っていた。

それは異常事態だった。

突如として天を真っ赤に染め上げ直視できないほどのまばゆい光を放つ星。

それが轟音を立て、尾を引きながら空を流れていく。

そして星はどんどんと大きくなり父であるパトリックが立てこもる砦の方に落ちるのが見えた。

落下の衝撃でアイリーンの方まで地響きがし地面が揺れる。

馬は恐怖から暴れ、荷物が荷馬車からゴロゴロと転がり落ちる。

雇った人足は頭を抱えて地面に伏せ、傭兵たちは地面の揺れに足をとられて尻餅をついた。

アイリーンはなんとか落馬せずに馬にしがみつき難を逃れる。

次の瞬間、激しい勢いで飛んできた粉塵があたりを覆い前が見えなくなる。

これだけをもってしても父のいる砦で未曾有の大惨事が起きたことは明白だった。

アイリーンは粉塵を吸いこまないようにマントで口を覆い即席のマスクにした。

今すぐに駆けつけなければ。

アイリーンはそう思い馬を下りた。

これだけ視界が悪いと馬では逆に危ない。

言わなくともそれを察したのかベルやアイザック、カルロスたちは馬を下りた。

この三人、一見すると変人の集まりなのだが姫の付き人を任されるほど優秀なのだ。

アイザックとカルロスは傭兵から斥候をしている若者についてくるように命令するとアイリーンを先導する。

一行は数キロを歩く。

粉塵の霧は止む様子もなく近くに着いたはずなのに砦の姿すら見えないほど視界は悪かった。

なぎ倒された木。

破壊された建造物。

その被害の大きさはアイリーンの想像をはるかに超えていた。

アイリーンたちがさらに歩いていくと異様な影が見えた。

姿こそ見えないが粉塵の中から見えるそのシルエットは大きな蜘蛛でその背に人を乗せているように見えた。

驚いた斥候が思いっきり息を吸ってしまいその場でむせる。

だがアイリーンたちはまったく驚かなかった。

むしろ嫌な予感がしていた。

どう考えてもあの姿は悪魔。

クリスタルレイクにお菓子を買いに来ていた悪魔に違いない。

瑠衣だ。瑠衣がいる。

瑠衣がなにかをしたに違いない。

それを察したアイリーンたちは貝のように口を閉じた。

四人の間にかつてない緊張感が走る。

アイリーンは斥候の持っていた望遠鏡を無言で引ったくると粉塵の中をずんずんと大股で進む。

敵に見つかる心配はないと断言できた。

ただ気になるのは味方側の砦が近いにもかかわらず人の気配がしないことだ。

なにか考えもつかないようなとんでもない事態が起きているに違いない。

アイリーンは砦の近くと思われる場所まで来ると望遠鏡を覗いた。

あまりにも粉塵がひどいため断言はできなかったが砦の近くのはずだった。

だが砦の姿は見えない。

途中で山滑りでも起きたかのように街道が土で埋まっていたので嫌な予感がしていたが砦は影も形もなくなっていた。

アイリーンは望遠鏡で兵士たちの姿を探す。

かなり必死だった。

被害など想像もつかなかった。

悪魔の軍勢によって首都が陥落したと聞いても驚かなかっただろう。

アイリーンの心臓がドキドキと高鳴った。

口の中は乾き、奥歯に力が入る。

そしてアイリーンは見つけた。

肩幅が広く背の高い男の姿を。

遠くからでもわかる特徴的な厚い胸板。

それが誰であるかはアイリーンには一発でわかった。

「あ、アッシュ殿……なんで、クリスタルレイクにいるはずじゃ……」

後ろにいたはずのアッシュがいつの間にか前にいた。

明らかに人間技ではないがアイリーンはなぜかアッシュなら可能なような気がした。

「アッシュ殿？　アイリーン様いったいなにが？」

ベルもすぐさま反応した。

「ベル、先ほどの影は悪魔に違いない。そしてアッシュ殿がそこにいた。先ほどの星の落下。なにがあったと思う？」

「ま、まさか～。いくらアッシュ殿でも～そこまでは～」

ベルはそう言いながら目だけは笑ってなかった。

アイリーンも笑い声を出したが目は笑ってない。

「あははは」

「うふふふ」

二人とも乾いた笑いをもらす。

アイザックとカルロスは「うんうん」とひたすら首を振っていた。

もちろん二人ともアッシュの仕業だとわかっていた。

「ふうー」

アイリーンが息を吐いた。

深く深くため息をついた。

そして望遠鏡をカルロスへ放り投げると猛然と走り出した。

「アッシュ殿ー！！！」

アイリーンは貴族の娘としてはありえない速度と大股でアッシュに目がけて一直線に爆走した。

ベルもそれに続き、遅れてアイザックとカルロスも走った。

アイリーンが爆走していくとアッシュの近くにもう一人の姿を見つけた。

この粉塵の中、ありえないほどエレガントな立ち姿の女性がいた。

瑠衣である。

犯人はわかった。

そうだ。やはり味方の仕業だったのだ。

「誰かこの状況を説明しろおおおおおッ！！！」

アイリーンは笑いながら怒鳴った。

アイリーンの声に気づいたのかアッシュがのんきに手を振った。

そしてアイリーンは見た。

アッシュが立っている周辺に寝かされる兵士たちの姿を。

そして悪魔たちがどこからか運んできては地面に兵士を寝かせていく姿を。

噂は本当だったのだ。

一騎当千どころか万の兵もアッシュの前には紙くず同然だったのだ。

実際の被害は二万を軽く超えているのだがアイリーンはまだそれを知らなかった。

アイリーンは胸がいっぱいになった。

どんな形であれ助けてくれたのだ。

アッシュは助けてくれたのだ。

これからはこの恩を返さなければならない。

アイリーンは固く心に誓った。

◇

喜ぶアイリーンの裏では困った事態が発生していた。

「それで悪魔さんたちはなんと？」

アッシュと瑠衣は話し合っていた。

今回、生き埋めになった被害者の救出には瑠衣とその部下の悪魔が大活躍していた。

今のところはクルーガー軍にはアッシュの攻撃での死者はいない。

……ただ骨折など大怪我多数。

それには砦の下敷きになって足を骨折したパトリックも含まれている。

あとは広範囲で生き埋めになったノーマン軍の救助だけである。

ところがここで問題が発生した。

瑠衣がため息をついた。

「部下がストライキを起こしました……」

瑠衣がそう言うと後ろにいた部下代表が「キイキイ」と不満そうに鳴いた。

抗議をしているらしい。

「ストライキ?」

「ええ、『約束と違う。隕石が降ってくるなんて聞いてない』だそうです」

「じゃあどうするんですか?」

「代表の彼が言うには『追加報酬として全員にホールケーキを要求する』だそうです」

瑠衣が困ったように言うとアッシュは「ぷっ」とふきだした。

「わかりました。帰ったら大急ぎで準備します」

「だそうですよ。では作業をお願いします」

「キィッ!」

蜘蛛はるんたったるんたったと足取り軽く作業に戻る。

そしてアッシュも救出作業に戻ろうとすると声が聞こえてくる。

「誰かこの状況を説明しろおおおおおおッ！！！」

アイリーンだった。

アッシュは手を振る。

全ては終わった。

クルーガー軍は砦を物理的に失ったし、ノーマン軍もここまでダメージを負えば戦争を継続できないだろう。

戦争を終わらせたのだ。

感極まったアイリーンがアッシュに飛びかかる。

アッシュはアイリーンを受け止めお姫様抱っこをする。

瑠衣は「あらあらまああ」と喜んでいる。

アイリーンの後ろから走ってきたベルは「もー、はしゃいじゃって！」と呆れていた。

アイリーンから見ても戦争は終わった。

たしかに戦後処理とこの事件の報告は頭が痛いがそれでもアイリーンは背負った重荷から解放された気分だった。

アイリーンはアッシュの首に手を回す。

そしてアッシュの顔を見つめた。

「ありがとうアッシュ殿」

「みんながいてくれないとレベッカが泣く。それに……俺も寂しい」

アイリーンの顔が赤くなった。

そして……

「アイリーン。その姿はなんだ?」

二人が盛り上がる中、地獄を見てきたかのようなしゃがれた声がした。

アイリーンは「ぎぎぎぎぎっ」と首を鳴らしながら顔を声の方に向けた。

「ち、父上……」

完全にあきらめていた父親、パトリックの姿をアイリーンが確認すると、アッシュはアイリーンを下ろした。

「あ、あの……これは……」

「い、いや、いい。お前には子どもの頃からろくにかまってやれなかった。自由に生きてもワシには怒る権利などない……だが、よりによってそれか!」

冷や汗を流しながらパトリックは続ける。

「よりによってクルーガー、ノーマンの両軍を全滅に追い込んだ怪物、神の使いか悪魔の使いかと噂される怪物はアイリーンの使いだったのか! ワシはこのことをどうやって報告すればいいのだ! なあ!?」

パトリックの顔色は青くなっていた。足の骨を折ったのだけが原因ではないだろう。

アイリーンはそれを見てもう大丈夫だろうと思った。

答えに困ったアイリーンはアッシュの手を取る。

「えっと、父上……それでは！　またの機会に！　ごきげんよう……アッシュ殿行くぞ！」

そう言うとアイリーンの真意を感じ取ったアッシュがアイリーンを再びお姫様抱っこするとスタコラサッサと逃げた。

逃げながらアッシュはアイリーンに聞く。

「あれ？　お父さんはいいの？」

「もういいんだ！」

パトリックの顔を見てアイリーンは気づいた。

親だけどパトリックとアイリーンの精神的距離は遠い。

生きてさえいればいい。

アイリーンの家はクリスタルレイクにあるのだ。

「帰ろう！　クリスタルレイクへ！」

「ちょっとアイリーン様？」

ベルたちもアッシュとアイリーンの姿を見て走って追って来ていた。

クリスタルレイクのお菓子屋さん

一行は半日をかけて逃げるようにクリスタルレイクに戻った。

今度はアッシュも一緒だった。

クリスタルレイクの入り口に到着すると一行はアッシュの屋敷に急ぐ。

待っている家族がいるのだ。

アッシュの屋敷の前でレベッカが待っているのが見えた。

「レベッカ！」

アッシュは荷物を放り出して走る。

「にいたん」

アッシュに気づいたレベッカも走り出す。

レベッカはなぜかヒラヒラフリフリの小さなドレスを着ていた。

レベッカがアッシュに飛びかかる。

「にいたーん！」

アッシュがレベッカを受け止めるとレベッカはそのままアッシュにしがみつく。

「あのね。あのね。メグお姉ちゃんがこれをくれたの！」

レベッカは尻尾をふりふりしている。

服も尻尾と一緒にヒラヒラと動く。

どうやら幽霊メイドのメグによってファッションショーが開催されていたようだ。

「うん、かわいいな」

アッシュはニコニコする。

「あい♪」

ほめられたレベッカはご機嫌である。

それを見たベルも鼻血を出す。

「なんてかわいいの！　レベッカたん。私と結婚してください」

「やー♪」

「おいベル、だんだん発言が危なくなっているぞ」

アイリーンがツッコミを入れるがベルは聞いていない。

ひたすらレベッカを愛《め》でていた。

そんな一行は背後から声をかけられる。

「おかえりなさいませ」

幽霊メイドではない。

幽霊メイドは夕方からしか外を出歩けないのだ。

そこには瑠衣がいた。

「なんでいるのかな？」

アイリーンは笑顔で聞く。

瑠衣は兵士の救出作業をしているはずである。

こんなに早く着くはずがないのだ。

「なぜでしょうね？」

「わかりませんわ」と瑠衣はとぼける。

「おおーい嘘つくなー」

「うふふふ。実は作業が終わりましたのでご報告をしに参りました。お父上は無事にクルーガー軍に保護していただきました。クルーガー軍は重傷者七百人。行方不明者百八十五人。避難していただいたので死者はありませんでした」

砦の残存兵力は推定で八百～九百。

つまり全滅である。

それでも生き残ったのでパトリックの武勇は知れ渡るだろう。

あとはどうにでも話を捏造してくれるはずだ。

アイリーンは安堵した。

「それで……敵側は？」

一応聞いてみた。

たのだ。

瑠衣の表情が薄ら寒いものだったのでアイリーンは追及をやめた。

聞いてはならないという自制心も理由だったが、それよりもアイリーンには気になることがあったのだ。

「行方不明者とは？　埋まってしまってわからないのか？」

「いいえ。盟約に従って殺人犯をこちらで預からせていただきました」

悪魔が捕まえるのだから戦争での殺人ではないだろうとアイリーンは納得した。

「それで……瑠衣殿の目的は報告だけではないだろう？」

「はい。アッシュ様にお約束のものの材料を届けに参りました」

ケーキの材料である。

「それで……数は……？」

「部下全員と考えると三百ほどでしょうか」

アッシュがずっこける。

アイリーンたちもずっこける。

二百柱分のお菓子セットでも戦場のようになったのだ。

ホールケーキ三百個は数字がおかしいのだ。

「あらあら」

「全滅です♪」

「そ、そうか」

「あらあらじゃなーい！　瑠衣殿、三百だぞ！　三百！　カットケーキ二百用意するのにもあの騒ぎだぞ！　無理だ！」

「あらあら。なにも一日で全て用意しろなんて言いませんよ。少しずつでいいのです」

「それでも多いわッ！」

アイリーンがツッコミを入れる中、一人燃えている男がいた。

当然のようにアッシュである。

「ふ、ふふふふふ！　相手にとって不足なし！」

明らかにゼインと対峙したときよりも燃えている。

アッシュにとってはケーキ三百個の方が強敵だった。

成層圏突入を成した筋肉が唸りを上げる。

「さあケーキ屋さんとしての力を見せてくれる！！！」

「にいたんすごいです！！！」

「アッシュ殿が力を見せたら都市が滅ぶわ！」

アイリーンのツッコミが炸裂するがアッシュは聞いていない。

「がははははははは！」

アッシュは豪快に笑う。

徹夜明けのごとくテンションがおかしくなっていた。

「さあ、かかってこい！　全て生クリームにしてくれる！！！」

「アッシュ殿が壊れた！　おーい戻ってこーい！」

アイリーンがアッシュを揺さぶりベルはレベッカを受け取って自分が抱っこする。

そこにはいつもの日常があった。

なんだかんだといいながらも全員が笑っていた。

それを見て瑠衣も「ふふふ」とつられて笑った。

和やかな雰囲気を感じ取ったのだ。

だから瑠衣は今なら言ってもいいだろうと思った。

「そうそう、アイリーン様。次のクリスタルレイクの代官に就任おめでとうございます」

アッシュを揺すっていたアイリーンがピタリと動きを止め、「ぎぎぎぎぎ」と首を鳴らしながら瑠衣を見た。

「なんだって？」

「ええ。アイリーン様、代官就任おめでとうございます」

「どうしてたった半日で中央に情報が漏れてるんだ？」

「間者がたくさんいましたから」

「なぜつかまえない!?」

「敵意はありませんでしたから」

「そ、そうか……」

悪魔に人間の常識を求めてもしかたがない。

「でもなんで私が……」

「ええ。なんでも国の首脳陣はアッシュ様を管理できるのはアイリーン様だけという結論に至ったようです。お父上の治療が終わり次第、就任式が予定されています」

「なぜ知っている？」

「我々はどこにでも誰の側にもいるのです」

「内緒ですよ」と瑠衣は唇に人差し指を当てた。

アイリーンはがっくりと膝をつく。

どうやらアッシュ憧れのスローライフはまだまだ先らしい。

ベルに抱っこされたレベッカが「やーん」ともぞもぞと暴れ下に降りる。

レベッカはてくてくとアイリーンの元へ近づく。

「アイリーンお姉ちゃん」

「あのね。あのね。アイリーンお姉ちゃん」

「うん？　どうした」

「あのね。あのね。戻ってきてくれてありがとうです。アイリーンお姉ちゃん大好き♪」

アイリーンはたまらなくなってレベッカを抱きしめる。

「私も戻って来られてよかった！　レベッカ大好き！」

「あい♪」

レベッカは尻尾をふりふりする。

それは仲の良い姉妹にも見えた。

◇

アッシュは生クリームを泡立てる。
アイリーンもベルも騎士二人も手伝う。
最近ではレベッカも簡単な手伝いをするようになった。
クリスタルレイク。
そこは湖があるだけの田舎の村。
崩れた建物は修復したけれど人間の住民はほとんどいない。
でもこの村には名物がある。
世界で一番強いパティシエが作るケーキ屋さんがある。
顔は怖いけど彼のケーキを目当てに悪魔が集まってくる。
村長は知らないけれどすでに人間よりも彼らの方が多い。
黄昏時にはケーキ屋さんに悪魔たちが並ぶ。
蜘蛛や目玉や骸骨たちが楽しそうに並んでいる。
看板娘は小さなドラゴン。
小さい小さい幸福のドラゴン。

彼女はみんなに幸せを運んでくる。

お代は古い古い昔の道具。

悪魔たちはそれだけじゃ悪いのでチップ代わりに壊れた村を直していく。

みんなみんな幸せだった。

こうしてケーキ屋さんとその家族たちはいつまでもいつまでも幸せに暮らしましたとさ。

めでたしめでたし……めでたし？

「アイリーン様！！！」

キッチンに荷物を運んでいたアイザックが慌てて入ってきた。

完成したケーキの数を数えていたアイリーンが呆れた声を出す。

「なんだアイザック。こちらはようやくホールケーキを半分作り終わったところだ。瑠衣殿からクレームが来たらそう言ってくれ」

「ち、違います！　こ、皇帝陛下が……」

「皇帝陛下がなんだ？」

「いらっしゃったのです！　新しい代官の様子を見に！」

「へ？　まだ任命すらされていないぞ……」

「とにかく、近衛騎士団が責任者を呼んでます」

「えええええええええ！」

……幸せに暮らしましたとさ。

番外編一　レベッカたんのお手伝い

アッシュはおんぶ紐を装着して食堂で作業をしていた。

最近、レベッカがひっつき虫なのだ。

アイリーンを助けにいった時にお留守番をしていたせいか、すっかり甘えんぼうになってしまったのだ。

レベッカの尻尾が揺れている。

どうやら安心しているようだ。

だがアッシュは少しだけ焦っていた。

これはマズい。

明らかにマズい。

これではレベッカが赤ちゃんになってしまうのではないだろうか。

いくらドラゴンが寂しいと死んじゃうからといっても、ずっとべったりというのはマズイのだ。

アッシュの胸の内は動揺しまくっていたのだ。

こういうときは誰に相談しよう。

アッシュは考えていた。

こういうときは子育て経験者に聞くのが一番だ。

だがそこには問題があった。

知り合いに子育て経験者がいないのだ。

アッシュは頭を悩ませた。

するとアッシュとレベッカしかいない食堂のキッチンに声が響いた。

「あら、お呼びになりました？」

瑠衣である。

まだ呼んでいないのに現れたのだ。

アッシュは「なぜだろう？」とは思った。

だがそれは小さな問題だった。

だからアッシュは瑠衣に質問をすることにした。

「あの……瑠衣さんは確か子育てをしたことがあるって言ってましたよね？」

「はい♪」

この悪魔、意外なことに子ども好きである。

「あの……失礼なことをお聞きしますが、お子さんは悪魔と書いて人間と読まない意味での人間ですか？」

アッシュはさすがにまずいなあと思いながらも聞いた。

なんとなく気になったのだ。

「はい♪　かれこれ数十人は育てたことがあります」

やはり寿命の長い悪魔である。

子育てもスケールが違う。

「戦場に行くと捨てられた子がいるんです。それで拾ってきては魔術を教えて一人前にして人間の社会に返すんです」

アッシュは「おやおや」と首をひねった。

どこかで聞いたことがある。

それも一つの話ではなくいくつも思い当たることがあったのだ。

「えぇっと、昔話の……」

妖精に拾われた少年が大魔道士になる話だ。

似たような話はいくつもあり、どれも偉大な魔道士になったとのことだ。

「うちの子たちですね」

やはりだ。

瑠衣は本当に子育ての経験者なのだ。

それも子どもの才能を伸ばすグレートなマザーなのだ。

アッシュは「これだ！」と思った。

「瑠衣さん。レベッカのためにどうすればいいと思いますか？」

「あら、ひっつき虫なのですか？」

レベッカはおんぶされて安心したのか寝息を立てていた。

「ええ。このままじゃマズいなあと思いまして」

アッシュの質問を受けて瑠衣は考える。

しばらく考えると答えを出す。

「うーん……そうですねえ。むりやり引き離しても良いことはございません。頭ごなしに叱るのもダメです。なるべく楽しく離れていくようにした方がいいと思います」

なんというまともな意見だろうか。

アッシュは素直に感心した。

「そうですね。お手伝いとかはいかがでしょう？」

それはよくやっている。

アッシュは渋い顔をした。

「いえ、一人でもできるお手伝いです。そうですね。アイリーン様もお呼びください」

瑠衣は楽しそうに「ふふふ」と笑った。

◇

アッシュとアイリーンは隠れていた。

そこはアッシュの果樹園である。
季節に関係なくいろいろな実がなっている不思議な場所である。
そこにレベッカが来ていた。
「あい、イチゴさん」
レベッカはシャキッとしていた。
アッシュとアイリーンはそれを木の陰から見ていた。
レベッカがちゃんとできるか見ていたのだ。
それとなぜか瑠衣もついでにいた。
「あらあら。張り切っちゃって♪」
瑠衣が「ふふふ」と笑う。
イチゴの鉢はレベッカでも手が届く位置に置いてある。
今回のミッションは「果実を収穫してアイザックに届ける」ことである。
アッシュは拳を握った。
アイリーンも同じく拳を握る。
ふたりとも「がんばれ」という顔をしている。
なんだか運動会に来た保護者みたいな姿である。
「はい。イチゴさんチョッキン」
レベッカはイチゴを切り離す。

するとレベッカはシャキッとした。

「あい。次はブラックベリーさん」

レベッカはチョコチョコと歩いてブラックベリーのところまで来る。

ブラックベリーはどこまでも根を伸ばすため、これも鉢で栽培されている。

「ブラックベリーさんは手でもぎもぎ」

レベッカはブラックベリーをもいでいく。

ちなみにこのブラックベリーにはトゲはないので子どもでも安全だ。

背が低いレベッカは自分に届く範囲で実を収穫していく。

それでもあっと言う間にカゴはいっぱいになる。

「あい！　できました」

レベッカはニッコリした。

あとはこれをアイザックのところに持っていけば終了である。

レベッカはカゴを手に尻尾をふりふりしながら果樹園を出ようとした。

「偉いぞレベッカ！」

アイリーンがガッツポーズをする。

アッシュも同じポーズを取っていた。

すると瑠衣が微笑みながら言った。

「あらー、どうしたのかしら？」

アッシュとアイリーンが見ると、レベッカはとある木の前で止まっていた。

尻尾が激しく揺れている。

「葡萄さん……」

レベッカの目が輝いている。

それはたわわに実った葡萄だった。

レベッカはカゴを地面に置いた。

尻尾がブンブンと激しく揺れている。

尻尾に振り回されてレベッカのお尻までも揺れる。

「食べたいのですね」

瑠衣が「あらかわいい」とニコニコする。

アッシュとアイリーンは笑いを我慢する。

二人の顔は真っ赤だ。

アイリーンはふとアッシュの顔を見た。

「ぶふーッ！！」

アイリーンの負け。

「な、ひどい」

「ごめんアッシュ殿……うふふふ」

アイリーンは笑うのをやめようとするがそれでも笑いがもれる。

一方、レベッカは見ていた。

葡萄は高いところにあって手は届きそうにない。

するとレベッカはなにかを思いついた。

「とります！」

シュパッと手を上げるとレベッカは目をつぶる。

そしてぷるぷると震えると羽を動かす。

羽がパタパタと動き出す。

「うーん！」

レベッカは必死に羽を動かす。

するとレベッカの体が宙に浮く。

「うーん！！！」

レベッカは一生懸命羽を動かす。

まだうまく飛べないようだ。

だがそれでも必死になって羽を動かす。

食い意地が張っている。

「がんばれ！　レベッカがんばれ！」

アッシュとアイリーンはなぜか応援する。

つまみ食いなのに。

「ううう～ん！！！」

レベッカは葡萄をつかみ片手に持ったハサミで葡萄を切る。

レベッカは葡萄をつかむと、そのまま着地する。

「やったー♪」

レベッカは尻尾を振りながら大喜びした。

「「よし！」」

保護者二人はガッツポーズをする。

親ばか系の保護者である。

レベッカは葡萄を見る。

さらに見る。

とてつもなく見る。

「ごごごごごご」という音が聞こえそうなほど見る。

そして左右を確認。

誰もいないことを確認すると一粒をもぐ。

「いただきます！」

レベッカは大きな声でそう言うと葡萄の皮をむいてその果実を口に入れる。

「おいしー♪」

レベッカは目をキラキラさせる。

とても美味しいらしい。

レベッカは大喜びである。

尻尾がブンブンと揺れる。

するとその尻尾がピタッと止まった。

「美味しいけど、これはみんなで分けようっと」

レベッカは葡萄をカゴに入れる。

それを見た保護者二人は思わず涙があふれる。

「えらいぞレベッカ！」

アッシュは拳を握る。

「優しい子になってくれてよかった……」

アイリーンの目にも涙がにじむ。

瑠衣はそれを見てクスクスと笑う。

「よかったですね」

瑠衣にコクコクと保護者二人はうなずいた。

よほどうれしかったらしい。

瑠衣はニコニコと笑いながら二人に声をかける。

「次はアイザックさんに果物を渡す番ですよ」

二人はシャキーンと真顔になった。

◇

今度はアイザックにカゴを引き渡す番である。

アイザックは食堂にいた。

お菓子の仕込みをしている。

そこにレベッカはえっちらおっちらとカゴを抱えながら持ってくる。

レベッカはアイザックを見つけると満面の笑みを浮かべた。

「アイザックにいたん！」

「おう！　来たかちびっ子」

アイザックは手を洗うとレベッカの前でしゃがむ。

するとレベッカはシャキーンとしてアイザックに報告する。

「あい！　果物です！」

レベッカは誇らしげだ。

「おう、いい子いい子」

アイザックはレベッカの頭をなでるとカゴを受け取る。

「イチゴにブラックベリー。ほいほい受け取りました。あれえ？　この葡萄は？」

アイザックの質問にレベッカはさらにシャキーンとする。

「みんなのおやつです！」

レベッカを見てアイザックは笑う。

ニコニコしながらアイザックはレベッカをなで回す。

「えらいなあ。この子はー。ようっし、そんないい子にはアイザックお兄ちゃんがお駄賃をあげよう」

「お駄賃！！！」

レベッカは目を輝かせた。

「おうよ。アイザック兄ちゃんはよいこに自分の分の葡萄をあげちゃいます♪」

「ほんとう!?」

レベッカの目が輝く。

キラキラとしている。

「ほんとう。お食べ」

「あい！」

レベッカはしったんしったんと小さく跳ねた。

ちなみにこの時、アッシュとアイリーンは木戸から思いっきり中をのぞいていた。

アイザックと目が合う。

アイザックは「しょうがねえな。このボケコンビ」という顔をしていた。

するとレベッカがアイザックに話しかける。

「あのね。あのね。アイザックにいたん」

「はいはい。どうしたのかな？」

アイザックはレベッカをなでなでする。

「あのね。あのね。メグお姉ちゃんが雑巾返してねって！」

どうやら別のお手伝いも頼まれていたらしい。

相手は幽霊メイドのメグである。

幽霊メイドのメグは掃除が大好きなのだ。

そのメグは掃除用具の所有権を強硬に主張している。

「掃除は私の仕事だ。掃除用具は渡さない！」とのことである。

なので掃除用具の返却にはうるさい。

「あー。そういや返してなかった。あー、でも仕込みが……悪いけどレベッカ、雑巾持っていってくれる？」

レベッカの顔が「ぱあッ」と明るくなった。

目が輝いている。

「あい！　雑巾持っていきます！」

レベッカは元気よく答えた。

それを見てアイザックは笑いかけると雑巾を渡す。

「じゃあ頼んだ！」

「あい！」

レベッカは雑巾を受け取ると葡萄の入ったカゴと一緒に持っていった。

レベッカは食堂を出ていくとメグに割り当てられた部屋に急ぐ。

アイリーンは幽霊にも個室を与えている。

アッシュの家なのに。

アイザックとカルロスには相部屋なのに。

アッシュはそれに文句は言ってないので一応は有効らしい。

レベッカはメグの部屋のドアを開ける。

「メグお姉ちゃん！　雑巾お持ちしました！」

しゃきーん。

「あらレベッカちゃん。どうしたの？」

メグはレベッカの前でしゃがみ込む。

「お手伝いです！」

レベッカは元気よく答える。

ドラゴンの前には人間だろうが幽霊だろうが関係はないのだ。

「雑巾持ってきてくれたの？」

「あい！」

レベッカは雑巾を差し出した。

「お手伝いしたのね。えらいえらい」

メグはレベッカをなでようとするが手がすり抜ける。

メグは残念そうな顔になる。

ちなみにこの一連のやりとりはベルに目撃され、ベルは鼻血を出していた。

「お手伝いしました！」

レベッカはうれしくてテンションが高くなっていた。

「はい。えらいえらい」

「では次に行くのです！」

レベッカはメグの部屋を後にした。

そして鼻血を流すベルに近づく。

「ベルお姉ちゃん！」

「はい！！！」

ベルはヘブン状態だ。

「葡萄を取ってきました。おやつです！」

ぶっしゅー！

ベルの鼻血がスパークする。

「はあはあ……レベッカたん……かわいい……」

瀕死である。

ベルの残りＨＰはゼロである。

だが、かわいいものがあればいくらでも復活するこの生き物はしぶとい。

レベッカが尻尾をふりふりすると「ゴゴゴゴゴ！」という音を立てながら復活する。

どう考えてもベルの方が悪魔に近い。

「やだあ。レベッカたんかわいい♪」

ベルは大喜びだ。

レベッカを抱きしめる。

「もう！　かわいいからこれあげちゃう！」

ベルはレベッカに焼き菓子を渡す。

「ありがとう……葡萄さん食べてください」

レベッカは葡萄を渡そうとする。

だが受け取るかわりにベルはレベッカをなで回す。

「やーん♪」

レベッカは大喜びだ。

するとベルは言った。

「葡萄はレベッカたんが食べてください」

「いいの？」

アイザックに続き二人目だ。

ベルは微笑む。

慈愛に満ちた笑顔で。鼻血を出しながら。

「あい！」

レベッカは「じゃあね」と言いながらピコピコと手を振る。

ベルはまたもや悶絶した。

◇

次にレベッカはカルロスを探す。

カルロスに葡萄を届けるのだ。

カルロスは倉庫にいた。

魔法の武具を整理していたのだ。

「カルロスちゃん！」

レベッカが声をかける。

「おう、レベッカお使い？」

カルロスはレベッカの前にしゃがみ込む。

「あい！　カルロスちゃんのおやつです！」

レベッカはカゴの中から葡萄を取り出す。

するとカルロスはレベッカをなでる。

「いい子だなあ。いい子いい子」

カルロスはレベッカをなでた。

そしてそのまま抱っこして自分の膝の上に座らせる。

「はい。葡萄はレベッカたんが食べなさい」

レベッカは「むー」という顔をする。

「どうした？」

「葡萄さん、みんなにもらっちゃいました……」

レベッカは悪いことをしたかのようにうなだれた。

「なに言ってるんだよ。お駄賃だろ？」

「いいのかな？」

レベッカは下を向いていた。

「いいのいいの。みんなレベッカに食べて欲しいんだから」

「そうなの？」

「そうそう。海軍なら奪い合いになるとこだけど、ここはみんな優しいから。いいから食べちゃいなさい」

実はこのカルロス。海軍関係者なのである。

「うん！」

レベッカは元気よく言った。

さてそこにアッシュ、アイリーン、瑠衣がわざとらしく入ってくる。

「おおレベッカ。お手伝いできたか？」

棒読みでアイリーンが言った。

「できたのか。えらいなあ」

棒読みでアッシュも言った。

演技は下手である。

「あ、にいたん、アイリーンお姉ちゃん！」

レベッカは大喜びでアッシュに飛びつく。

そのままアッシュの体をよじ登り、アッシュの首に座る。

肩車の体勢である。

ひっつき虫継続中。

「あらあら。くっついちゃって♪」

瑠衣は微笑んだ。

「あのねあのね。にいたん」

「どうしたレベッカ？」

「葡萄さん持ってきました。おやつです！」

レベッカはしゃきーんとした。

アッシュとアイリーンは同時に笑った。

「葡萄さんはレベッカが食べなさい。お駄賃です」

その場にいた全員が笑う。

レベッカもつられてニコニコする。

こうしてレベッカのお手伝いは終わったのだ。

なお、ひっつき虫は治らなかった模様である。

でもアッシュもアイリーンも瑠衣ですらも当初の目的を完全に忘れてしまっていた。

番外編二　レベッカたんとわんわん

レベッカは果樹園でアッシュと遊んでいた。

アッシュはレベッカと追いかけっこをする。

「まってー！」

レベッカはアッシュを追いかける。

アッシュはレベッカの速度に合わせて絶妙の距離で逃げていく。

「……まってー！」

少し息が切れてきたところで捕まってやる。

レベッカはアッシュに飛びつく。

「にいたんつかまえたー♪」

レベッカはニコニコしながら尻尾を振った。

ドラゴンはかまってもらうのが大好きなのだ。

レベッカはアッシュに抱きつくとそのままよじ登って首の後ろへ座る。

肩車が最近のお気に入りである。

「んじゃ帰ろうか」

「あーい♪」

お散歩も終わりあとは帰ろうと思ったその時だった。

「わんわん」

動物の声が聞こえた。

アッシュは声の方を見る。

ヘルハウンドなら追い払わなければならない。

だがアッシュとレベッカの目に映るのは小さな生き物だった。

「わんわん！」

それは小さな犬だった。

子犬である。

レベッカよりも小さい子犬だった。

まだ一歳にもなっていないだろう。

野犬だろうかと思ったアッシュが近づく。

だが犬には首輪がしてある。

どうやら飼い犬のようだ。

よく見ると人によって体を洗われているようで、とても清潔だった。

やはり飼い犬である。

「わんわん」

犬は尻尾を振りながらクルクルと回った。

「遊んで！」という意味だろう。

人になれている。やはり飼い犬だ。

「にいたん。わんわんと遊んでいいですか？」

レベッカがうずうずとしている。

「ああ、いいぞ。でも嫌がることはしちゃダメだぞ、わんわんも怒るからね」

「あい！」

しゃきーん。

アッシュはレベッカを下ろす。

「わんわんさん！　遊びましょ！」

レベッカがそう言うと犬は「わんッ！」と甲高い声で吠えた。

レベッカが走り寄ると犬は「シタッ！　シタッ！」とステップする。

そのまま追いかけっこが始まる。

双方とも小さいので追いかけっこは互角……とはいかなかった。

本気を出した犬は速いのだ。

「ま、まって～！」

レベッカが一生懸命追いかける。

だが犬は「ふふふ。つかまえてごらん♪」と華麗に追跡をかわす。

「わんわん！」

「やーん！」

でも追いつけない。

レベッカは必死になってポテポテと追いかける。

だが犬の方もプロ。プロの飼い犬なのだ。

相手が鈍くさいのを感じると手加減をしてくれる。

「わんわん！」

立ち止まってレベッカを待ってくれたのだ。

「わんわんさん！」

「あいーん！」

犬は追いかけっこをやめ、レベッカの方へ走ってくる。

そしてレベッカの前まで来るとレベッカに飛びついて顔をなめる。

「やーん♪　ペロペロしないでー♪」

レベッカは足をパタパタさせる。

犬はレベッカを足で押さえつける。

ペロペロ攻撃だ。

「やーん♪」

スリスリ攻撃。

「やーん♪」

そのまま犬はレベッカにお尻をくっつけて座る。

レベッカは犬をなでた。

「いい子いい子」

「きゅーん」

レベッカは犬の首をなでる。

すると犬はさらにモゾモゾと動いて体をくっつける。

ここでアッシュが到着。

大きな手で犬をなでた。

「わふ？」

犬は「なにこの大きい人？」という顔をしてアッシュを見ている。

普段なら犬はアッシュを怖がる。

だがこの犬はまだ赤ちゃんだった。

世界をありのままに受け入れる状態だったのだ。

だからアッシュにもおびえなかった。

犬の赤ちゃんの前ではアッシュですらも大きい人という程度の認識だった。

アッシュはニコニコしながら犬をなでまわす。

すると犬は股をかぱーっと開いてお腹を見せる。

アッシュはお腹をなでまわす。

するとアッシュは言った。

「えーっと、ベルさん。こっちに来たらどうですか？」

妖怪かわいいもの大好きが現れた。

「い、いえ。この神のつかわしたチャンスをこの目に焼き付けさせてください！」

意味不明である。

するとレベッカも寝っ転がりながら手を振る。

「ベルお姉ちゃん！　わんわんさん！」

ベルは至福の表情で悶絶する。

「レベッカたん……マジ神……」

ベルは生きてて良かったと言わんばかりに拳を突き上げる。

妙に男らしい。

「ええっと……ベルさん。犬連れていくの手伝ってくれますか？」

「はい！！！」

そのベルの目は真剣すぎて、正直アッシュですら恐怖を感じるほどだった。

ベルはレベッカを堪能すると、犬を抱っこする。

アッシュはレベッカを抱っこして運ぶ。

そのまま二人はアイリーンの執務室へレベッカと犬を運んだ。

執務室ではアイリーンが書類を書いていた。

アイリーンはアッシュたちを見ると言った。

「うん？　どうしたお前ら」

「ああ。犬を拾ったんだ。レベッカと仲良しでさ。ちょっと犬の寝床を作るから預かっててくれないか？　ベルさんもいるから」

「ああ、いいぞ」

アイリーンが返事をするとアッシュは自分の部屋に置いてあるレベッカ用のクッション型のベッドを持って来た。

「おう、どうした？」

「とりあえず間に合わせでこれ置いておくから」

床に置くとレベッカはよたよたとベッドに上がる。

どうやら疲れてしまったらしい。

そのまますうっと寝息を立てる。

犬はそれを見て、ベッドに上がるとレベッカのお腹にお尻をくっつける。

「なんというか……かわいいな」

アイリーンも仕事の手を止めてくっついて寝るレベッカと犬を堪能した。

犬も寝息を立てる。

夢を見てるのか足がピコピコと動く。

「きゅーん」

ピコピコ。

「やあああ」

ベルが悶絶した。

アイリーンも目を細める。

するとベルが「イメージふってきたー！」と拳を突き上げた。

「アイリーン様。私はクッションベッドを作ってきますわ」

その目は有無を言わせないものである。

「お、おう……」

アイリーンは適当に返事をするしかなかった。

ベルはそのまま執務室を出る。

そのままクッションベッドを作るのだろう。

それを見届けるとアッシュも執務室を出ていく。

犬小屋を作らねばならない。

アッシュたちに置いていかれたアイリーンはそのまま書類作成に戻る。

かわいい寝姿を見て少しリラックスした。

書類仕事がはかどる。

すぐにノルマが終わってしまった。
アイリーンは伸びをするとレベッカを見る。
すやすやと寝ている。
アイリーンは部屋に誰もいないか確認する。
誰もいない。
するとアイリーンはクッションの余った部分に頭を乗っけて寝っ転がる。
レベッカにくっつく形だ。
犬とアイリーンにサンドイッチにされてもレベッカは尻尾を抱えて寝息を立てていた。
アイリーンは少し休むつもりだったのだが、やはり疲れていたらしい。
そのまま寝てしまった。
しばらくするとドスドスという足音が聞こえてくる。
アッシュとベルが完成した犬小屋を持ってきたのだ。
クッションつきの豪華なものである。
「アイリーン。ありがとう……って」
アイリーンが寝ている。
その腹の上にレベッカと犬が団子になって寝ていた。
「うーん……」
重いのかアイリーンは少しうなされている。

それでも犬とレベッカはうれしそうに寝ていた。
ベルはそれを見て口を押さえて悶絶している。
ぷるぷる震えている。
「やだぁ……姫様かわいい……」
ベルの守備範囲は広い。
かわいいものはなんでも好きなのだ。
ベルはそのまま倒れゴロゴロと転がる。
アッシュは「かわいいなあ♪」とほっこりしていた。
お昼寝絶賛続行中。

◇

夜、騎士の部屋。
アイザックが犬をなで回した。
「ほれほれほれほれ」
犬はお腹を出す。
それをアイザックはさらになで回す。
カルロスはそれを見てほっこりしている。

「アイザックって犬に好かれるのな」

「昔から子どもと動物には好かれるんだよ」

「そっかー」とカルロスは見る。

「お前はどうなんだカルロス」

「うちで飼ってたのはオウムかなあ。かわいいぞ」

カルロスはどうやら鳥派らしい。

「へえ鳥か。珍しいな」

「まあな。カラスとかもかわいいぞ」

ここで爆弾発言である。

カルロスはカラスを飼ったことがあるらしい。

「え……カラス？」

「見た目で判断するな。頭がいいから犬みたいになつくんだ」

「マジで？」

「いやマジで。呼ぶと来るし、インコみたいに言葉も真似するし。かわいいぞ」

アイザックは素直に感心した。

世の中にはまだ知らないことがあるらしい。

「ワンコは格別だよなあ」

アイザックは犬をなで回す。

犬は尻尾を勢いよく振っていた。

「そうだなあ。それで村長はなんだって？」

アイザックがあの底意地の悪い村長に飼い主を知らないか話を聞きに言ったのだ。

「知らないって、行商人が来ているから聞いてくれるってさ」

アイザックのその言葉にストレスが感じられた。

おそらく嫌味でも言われたのだろう。

「なんかスマン」

カルロスは謝っておく。

なんだか相棒に苦労をかけてしまったらしい。

どうしてもこういう交渉ごとはアイザックの方が上手なのでまかせてしまった。

その負い目が多少あったのである。

「いいって相棒」

見た目は軽薄だがアイザックは騎士である。

要所要所では男らしいのだ。

二人は妙に温かい雰囲気だった。

そんな騎士の部屋にレベッカとアッシュが入ってくる。

「オッス、入るぞ」

男同士の気安さか、アッシュの態度は雑なものになっていた。

「アッシュ殿。どうしました？」

一方、アイザックたちの方はまだ態度が硬い。

どうしても騎士なのでこんな態度になってしまう。

「あのさ、レベッカが犬と一緒にいたいってさ」

「あー、ホレ。レベッカが来てるぞ」

アイザックが犬を放すと犬は「わん！」と一吠えし、レベッカのところに走っていく。

レベッカがお気に入りのようだ。

「あーい。お待たせー」

レベッカはお姉さんぶりたいのかしゃきーんとした。

犬はレベッカの顔をペロペロした。

レベッカはそれをなでなで攻撃でやり返す。

犬は寝っ転がるとお腹を見せる。

レベッカはお腹をなで回した。

どうやらレベッカの勝ちらしい。

「くくくく。どんな勝負だよ！」

アイザックが笑う。

カルロスもケタケタと笑った。

「わんわんとレベッカはなかよしだもんねー」

レベッカがそう言うと犬は「わん！」と吠えた。

同意したらしい。

「それじゃあ、お子様はそろそろ寝るぞ」

アッシュがそう言うとレベッカはしゃきーんとした。

「あい！　わんわん行くよ」

「わんッ！」

お子様隊はアッシュの後ろについていく。

「んじゃ迷惑かけたな。お休み」

「おう、アッシュ殿もお休み」

騎士たちが返事をするとアッシュとお子様隊はアッシュの部屋に行く。

アッシュの部屋には犬用のベッドとレベッカ用のクッションがあった。

アッシュは犬を犬用のベッドに置く。

そしてベッドの上のレベッカの寝床にレベッカを置いた。

そういうポジションで寝ようと思ったのだ。

だが犬は飛び上がってベッドをよじ登るとレベッカにお尻をくっつけたのだ。

一緒に寝たかったらしい。

アッシュも特には怒らない。むしろ犬をなでなでした。

そして犬とレベッカを交互になで回しているとそのうちアッシュは寝てしまった。

朝、アッシュが気づくとレベッカはアッシュの雄っぱいを枕にして寝ていた。

犬はアッシュの腕を枕にして寝ていた。

起き上がれない。

アッシュは困った。

かわいそうで、どかすにどかせないのだ。

アッシュが困っているとベルが部屋に入ってくる。

「アッシュ殿。犬の飼い主が……ってかわいい……」

ベルは悶絶する。

完全に報告のための人選を間違えている。

「あ、あのベルさん。た、助けて」

アッシュはベルに助けを求める。

「あらあら！　いいのですよ。もっと寝かせてあげればいいのです！」

役立たずである。

ポンコツである。

「朝食は私が作りましょう。うふふふふ」

「い、いや料理は俺がやるから！」

アッシュが叫んだ。

この状態のベルにはまかせられない。

アッシュが微妙にもがいているとレベッカが目を覚ました。

「あ、にいたん。おはようございます」

するとアッシュが動けない原因を作っている犬がレベッカの目に入った。

レベッカは犬を揺さぶる。

「わんわん、にいたんが起きられないって」

ぱちっと犬の目が開く。

「わん！」

犬はレベッカの言うことを聞いてどいてくれる。

アッシュはようやく起き上がることができたのだ。

これでベルの話も聞ける。

「それでベルさん。飼い主って？」

ベルは「もー！」という抗議の表情を浮かべながら質問に答える。

「飼い主が見つかったそうです。なんでも行商に来ていた商人さんの飼い犬らしいです。あとでお迎えに来るそうです」

レベッカがアッシュのすそを引っ張った。

「あのね。あのね。にいたん。わんわんどうなるの？」

レベッカは泣きそうな顔をしていた。

だからアッシュはレベッカを優しく抱きしめる。

「あのな……わんわんは親のところに帰るんだ」

「で、でもお……」

レベッカは自分の尻尾を抱きしめる。

その顔にはすでに涙がこぼれている。

だからアッシュは優しく諭す。

「レベッカもお母さんに会いたいだろう」

「あい」

「わんわんも飼い主さんに会いたいんだ」

「ふえええ」

とうとうレベッカは泣いてしまった。

でもその涙は嫌がっているのではなく、別れがつらいだけなのをアッシュはわかっていた。

だから優しく頭をなでた。

「にいたん。わんわんとバイバイします」

「えらいな。がまんできたね」

「あい！」

レベッカは顔をクシャクシャにしながら元気よく答えた。

そのやりとりを見てもらい泣きしていたベルはぼそりと言った。

「アッシュ殿って……お母さんみたい……」

「ん？」

アッシュはモヤモヤとした。

なにか釈然としないものがあった。

◇

「ばいばい」

玄関でレベッカは手を振った。

それに犬は「わん！」と答えた。

ベルが犬を玄関の外に連れていく。

そこには誠実そうな男性がいた。

「ポチいいいいいい！」

男性が走り寄ってくる。

犬は「きゃいんきゃいん♪」とうれしい悲鳴をあげながら男性のもとへ走る。

男性は犬を抱っこし、犬は男性の顔をなめ回す。

「ふみゃあ。ふみゃ。ふにゅううううん」

犬は甘えた声を出し、男性は「そうかそうか。寂しかったのな」となで回した。

感動の再会である。

その声は玄関の中にいたレベッカとアッシュのところにまで聞こえてきた。

「わんわんがありがとうって」

先ほどまで泣いていたレベッカが笑顔になった。

「そっか。よかったな」

「あい！」

レベッカが元気よく答えた。

レベッカは少しだけお姉さんになったのかもしれない。

アッシュは元気になったレベッカを見てそう思った。

番外編三　瑠衣さんの一日

クリスタルレイクで一番謎の多い生き物が瑠衣である。

悪魔の軍団を支配する貴族であり、契約を司る魔界の弁護士。

さらには人間に仕えていたこともある大魔道士でもある。

だがその実体はお菓子好きで子ども好きのよくわからない人なのだ。

さらに言うと瑠衣は自分を悪魔、それも上位のアークデーモンと呼ばれる存在だと思っている。

悪魔というのが人間の中では絶対的な悪であることも知っているので、初対面の人間にはアークデーモンと書いて『ようせい』と名乗っている。

だが瑠衣には疑問があった。

そもそも瑠衣たちを『悪魔』と名付けたのは人間である。

それもひどくあやふやな基準で瑠衣たちを悪者扱いしてきたのである。

魔界、地獄なども同じである。

人間を連れていったらそう呼んだのでそう名乗っているだけである。

悪魔からすれば『世界』とか『地域』、もしかすると『村』程度の認識である。

極悪人を収容する場所でもあるので人間からすれば『刑務所』が一番正しいのかもしれない。

そんな誤解まみれの言葉も数百年、数千年放置すると勝手に尾ひれがつく。

やれ魂を喰らうだの。

地獄は死後の世界だのといったデマだ。

魂を喰らうのは人間という資源の無駄なので、不幸だけを食べるのが悪魔のマナーである。

ちゃんと不幸は魂から切り離していただくのが悪魔の紳士淑女なのである。

これは人間上がりのマナーをわきまえない悪魔のせいでできた噂なのだろう。

「嘆かわしいことだ」と瑠衣は思っている。

そんな瑠衣は長い時を生きている。

それこそ千年単位で存在している。

だからと言ってなにかを極めようとかいう意思はない。

とりあえずお菓子とお茶があって人間と交流できれば幸せだなあと思って生きている。

そういう意味では今のクリスタルレイクでの生活はとても楽しいのである。

そんな瑠衣の一日を追ってみた。

朝。

瑠衣はクリスタルレイクに常駐する悪魔たちと朝礼をする。

「はい。今日のお仕事はエルムストリートの復元とお屋敷の修復です！」

エルムストリートはもとの廃墟からは脱していた。

悪魔たちが手伝ってくれてかなりキレイになったのだ。

だがまだ細かいところ。

道路や屋敷のいくつかの修復がすんでいなかった。

瑠衣たち蜘蛛の悪魔は『建築大好き』な種族である。

道路の補修、屋敷の修復などお手の物である。

そういう意味では瑠衣は弁護士でありながら、建築会社の社長さんでもある。

そんな瑠衣の前に整列した蜘蛛たちは答える。

「きゅう！」

しゃきーん。

みなやる気に満ちている。

優秀な蜘蛛たちである。

「それでは今日も一日がんばりましょう！」

「きゅう！」

蜘蛛たちは作業に移った。

さて、朝礼が終わると瑠衣はやることがなくなった。

現場で働こうとすると蜘蛛たちに止められてしまうのだ。

「いいから、そんなことより社長はお菓子の仕入れの方を頼みますぜ！」という意味だろう。

だから瑠衣は魔法を使ってクリスタルレイク一番の菓子職人であるアッシュのところに移動する。

瑠衣は空間に穴を開けると出口を食堂につなげる。
あとは空間に開けた穴に入れば出口に出られる。
こうやっていつも神出鬼没にいきなり現れるのである。
瑠衣は食堂に移動する。
食堂のキッチンではアッシュがお菓子を作っていた。
騎士二人も作業を手伝っている。
瑠衣はその作業をじっと見る。じっと見る。穴が開くほど見る。
「瑠衣さん……お菓子ですね……」
瑠衣の視線に耐えられなくなったアッシュが言った。
「はいー♪」
瑠衣は笑顔で答える。
アッシュは焼き菓子とお茶を出す。
いったん休憩である。
騎士の二人も休憩に入る。
瑠衣はおやつを口に入れる。
甘く上品な味が口に広がる。
「美味しゅうございます♪」
悪魔は不幸を栄養源にしている。

だから悪魔にとってお菓子はただの嗜好品だ。
それでもお菓子で心は満たされるのだ。
アッシュのお菓子は実に美味しい。
すでに地獄ではアッシュのお菓子は一大ムーブメントを起こしている。
贈答にも喜ばれる一級品なのだ。
「それで……作業はどんな具合ですか？」
実はアッシュはもう完成していたと思っている。
道路は使えるし、美観的にも問題はない。
屋敷の方も今すぐに住んでも問題はない。
「ええ。もう少しで完成です」
なにがそうまでさせるのか。
悪魔たちは帝都の美しい道路のさらに上を行く美しさを目標にしていた。
やたらと職人気質である。
「そうですか」
アッシュは「そういうものなのかなあ」と思った。
お菓子を食べると瑠衣は、またもややることがなくなった。
作業に従事する悪魔たちもこの焼き菓子なら満足するだろう。
なので瑠衣はその辺を徘徊することにした。

「ごちそうさまでした。それではまた」
瑠衣はアッシュに挨拶すると屋敷を出ていく。
暇つぶしの散歩である。
まずは果樹園に向かう。
一年中、季節を無視したフルーツがなる不思議な果樹園である。
中に入ると瑠衣の目にイチゴが飛び込んできた。
すると瑠衣はなにもない空間から木札を取り出す。
「タルト……いえここはミルフィーユでしょうか」
瑠衣は意を決して『ミルフィーユ』と書く。
完全に注文書である。
次に瑠衣はオレンジの木の側に行く。
ムースだろうかゼリーだろうか。
瑠衣は迷う。
いや違う……
『オレンジのシフォンケーキ』
これで完璧だ。
さらに瑠衣は次々と注文の木札を書いていく。
「よし！」

なにが『よし!』なのかはわからないが瑠衣は満足だった。

暇なご隠居さんのようになった瑠衣は果樹園の散歩が終わるとやることがなくなった。

「暇ですねえ」

一言つぶやく。

暇になってしまった。

なので友達のところに行こうと瑠衣は思った。

アッシュの屋敷に瑠衣は帰る。

友達のところに向かう。

友達とはベルである。

「ベルさん。こんにちは」

書類仕事から解放されたベルは自室でレベッカの服を作っていた。

「あら瑠衣さん。どうされたので?」

ベルが顔を上げた。

「ええ、暇になってしまって」

「あらあら。焼き菓子食べます?」

ベルが戸棚からお菓子を取り出す。

「いいのですか?」

「ええ。もちろん」

ベルは笑う。

瑠衣は差し出されたクッキーを遠慮なく口に入れる。

クッキーはアッシュのお手製だ。

何度食べても素晴らしい味だ。

「そうそう。どうですかこの新作！」

ベルは「むふー」と鼻息を荒くした。

瑠衣に見せたのはレベッカの洋服だった。

ヒラヒラしていてかわいいデザインだ。

「あらかわいい♪」

彼女たちが友人をやっていられる理由。

それは二人ともかわいいものが大好きなのだ。

「ふふふふふ。レベッカたんのその愛らしさを存分に引き出す衣装です！！！」

ベルがハイテンションで拳を突き出した。

かわいいものは正義。

それがベルである。

「あらあら」

瑠衣はその様子を見て微笑む。

洋服を見ているとレベッカを抱っこしたアイリーンが入ってきた。

「おーいベル。レベッカ連れてきたぞ」

「あい！」

シャキーンとするレベッカ。

これから洋服を着せるようだ。

「お邪魔してます」

瑠衣が挨拶をするとアイリーンが笑った。

「おう瑠衣殿。いい所に来た。洋服の試着だぞ。さーてレベッカ洋服着ようなー」

「あい！」

レベッカはモコモコのお洋服を着ていた。

「はいばんざーい」

「あい♪　ばんざーい」

ベルは洋服を脱がせる。

レベッカも協力的だ。

すぐに着替えは終わる。

「はいレベッカちゃん。キツいところはない？」

「ないです！」

ヒラヒラのかわいい洋服を着たレベッカが言った。

それを見た瑠衣は感心する。

「あら、これはかわいい」

「ふふふふ！」

ベルは鼻高々だ。

「昔からベルは器用だったなあ」

「そうですねえ。昔はよくアイリーン様のほつれた服を直しましたっけ」

ベルは懐かしそうに微笑む。

瑠衣もつられて微笑んだ。

するとアイリーンはなにかを思い出したように言った。

「そういや瑠衣殿。下で蜘蛛たちが騒いでいるとアッシュ殿が言ってたが」

「うん？」と瑠衣は考えた。

なにかがあっただろうか？

すると思い当たることがあった。

そうだお菓子だ。

お菓子を支給するのを忘れた。

「あらら。これはたいへん。失礼します！」

瑠衣はあわてて下へ向かう。

下では蜘蛛たちが「不当労働」と書かれた旗を振っていた。

ストライキである。

瑠衣と蜘蛛たちは人間の貴族とその臣下の関係ではない。

どちらかというと資本家と労働者の関係に近い。

だからちゃんと給料を払う必要があるのだ。

とは言っても悪魔はいいかげんなのだ。

おやつを忘れることくらいはある。

もちろん蜘蛛たちもそれをわかっている。

気持ちの半分は人間の真似事をして遊んでいるのである。

「はい、おやつの時間です」

瑠衣が言うと蜘蛛たちは旗を投げ捨て「きゅーんきゅーん」と鳴きながら一列に整列する。

「おやつくれ」である。

ようやくおさまったストライキにアッシュたちはお菓子の配布をはじめた。

瑠衣はアッシュに謝罪する。

「すいません。うちの蜘蛛たちが調子にのりまして……」

アッシュはそれを見て笑う。

「いいんですよ。みんな遊び半分みたいだし」

アッシュは笑った。

蜘蛛たちはお菓子をもらってうれしそうに小躍りしている。

「きゅう！」

こうしてグダグダの中、お菓子の配布は終了した。
ちなみに道路も屋敷も完全に修復されていたという。
夜になると瑠衣はアッシュの屋敷に勝手に作った部屋に帰る。
勝手に作ったとは魔法的な意味で空間を作ったという意味である。
瑠衣は食堂の壁に入る。
そこが瑠衣の部屋である。
中は広い空間に本やら道具やらお菓子が所狭しと並んでいる。
もし人間の魔道士が見たらうれしくて気絶するほどたくさんの本が並んでいた。
その中央に瑠衣のベッドはある。
蜘蛛の糸で編んだ特製のベッドである。
瑠衣は本を選ぶとベッドにごろんと横になった。
今日も楽しい一日だった。
こうして瑠衣のいつもの一日は終了する。
本を読みながら瑠衣は思った。
彼らを、このクリスタルレイクを守らなければと。

あとがき

やっほー！
藤原ゴンザレスです。
藤原（姓）
ゴンザレス（姓）
わかっていてやってます。
実は中学時代のあだ名をそのまま使ってます。
ツイッターなどでふじごん。ごんちゃん。ジョ●ー・デッ●などと呼んで頂けると喜びます。

ご購入なさってここを読んでいる皆様、ご購入ありがとうございます。

感謝してもしきれません。

皆様に幸運をー♪

ぴろぴろりん♪　石油王になーれー♪（ヒラヒラ衣装に身を包みながら釘バットを振って）

ご購入なさった皆様には幼なじみが朝起こしに来てくれたり、女子校に男子が一人だけ状態になると思います。たぶん。

立ち読みされてる皆様、買うといいことありますよー。
買った皆様はロトくじが当ったり、投資で一発当てたり、自宅の庭から温泉とか油田が湧き出すと思います。たぶん。

買わないでそっと棚に戻した人は三代祟ります。
口内炎ができる呪いびびびび～！
足の小指をベッドにぶつける呪いびびびびび～！
体重計乗って絶望する呪いびびびびび～！
自分の年齢を思い出してふと正気に戻って死にたくなる呪いびびびびび～！
新品同様のゲーム機三つを売りに出したら査定額が千円になる呪いびびびびび～！
……嘘つきました。そんな力ありません。
なんか全部リアルですが最近私に起こった実話です。

さて、「いいかげん小説の内容に言及しやがれ」と思われていることでしょう。
この物語の主人公のアッシュさん。
筋肉です。

極限まで鍛えられた筋肉は魔法と見分けがつきません。

筋肉を使って大気圏から攻撃です。

後書きから読んだ方はなに言ってるかわからねえと思います。

なので捕捉するとこの物語は筋肉が魔法を蹂躙する物語です。

あとドラゴンをなでまわします。

動物と筋肉が好きな作者が書くとこうにもカオスになると思います。

筋肉って本当に素晴らしいものですね。

筋肉と言えば、作者の藤原は筋トレが大嫌いです。

腕立て伏せとか拳立て伏せとか指立て伏せが大嫌いです。

確かに拳とかと腕とかを人を殴る用に改造するために必要なプロセスなんですが、痛いのと苦しいの努力するのが大嫌いなので、通販で買ったあやしい筋トレグッズでトレーニングしてます。

かなりどうでもいい話ですね。はい。

腹出てます。

ダメじゃん。


ささ、ここまでまだ買ってない人！

買うといいことありますよー！

すごいですよー。

なんといっても私、書籍化記念にイギリス公海上の海上基地に勝手に国を作ったシーランド公国の男爵になりました。

お値段、公式サイトで７０００円！

しかも本名で取得という痛恨のミス！

それが売れると伯爵（約３万円）にアップグレードされます！

今度は藤原ゴンザレスで取ります。

意味がない？

意味などなくてもやる！　名誉のために！　それが貴族！

……自分でもなに言ってるかわかりません。

それとおいしいラーメンとＰＳ４も買えると思います。

ラーメン！　ラーメン！　ラーメン！

……藤原の贅肉のほとんどはラーメン由来だと思います。

本出たら二郎系食べに行きます。


最後に感謝を。

合気道を教えてくれたＳ先生。

少林拳を教えてくれたＤ先生。

日本拳法を教えてくれたＨ先生。

柔術と剣術を教えてくれたT先生。

カリとSDS、クラブマガを教えてくれたN先生。

頸椎ぶっ壊したあげくに合気道の道場までもなくなった私に指導してくれたC先生。

武術家としては全く才能のなかった私ですが、全て小説のネタにさせて頂いています。

全て、細部に至るまでネタにさせて頂いてます。

特にN先生のナイフの知識は基本素手にしか興味のなかった私の助けになっています。

数年前まで「カランビットなにそれー？　おいしいのー？」でしたので。

N先生、二年ほど休んでたけど頸椎よくなったんで書籍化作業終わったら復帰するかんねー！

アース・スターの編集長様、担当様。

超美麗イラストを描いていただいたエナミ先生。

感謝してもしきれません。

それと中学時代からの友人である藤原ゴンザレスｍｋ－２先生。

いろいろとアドバイスをくれてありがとう！

今度メシおごります！

みなさんありがとうございました！


次巻も……あったらいいなあ。

藤原ゴンザレスの連絡先っぽいなにか。

藤原ゴンザレスの人生ナイトメアモード
http://stharvest.sakura.ne.jp/

藤原ゴンザレス　ツイッターアカウント（@hujigon）
https://twitter.com/hujigon

「小説家になろう」　藤原ゴンザレス作品（変な作品多いよ）
http://mypage.syosetu.com/287083/

エナミカツミ

あーしゃべるドラゴンほしー！！

EARTH STAR NOVEL

ドラゴンは寂しいと死んじゃいます
～レベッカたんのにいたんは人類最強の傭兵～ ①

発行 ―――― 2017年1月16日　初版第1刷発行

著者 ―――― 藤原ゴンザレス

イラストレーター ―――― エナミカツミ

装丁デザイン ―――― 山上陽一＋内田裕乃（ARTEN）

発行者 ―――― 幕内和博

編集 ―――― 齋藤芙嵯乃

発行所 ―――― 株式会社 アース・スター エンターテイメント
〒107-0052　東京都港区赤坂 2-14-5
Daiwa 赤坂ビル 5F
TEL：03-5561-7630
FAX：03-5561-7632
http://www.es-novel.jp/

発売所 ―――― 株式会社 泰文堂
〒108-0075　東京都港区港南 2-16-8
ストーリア品川 17F
TEL：03-6712-0333

印刷・製本 ―――― 中央精版印刷株式会社

ISBN 978-4-8030-0985-9